你在心上，别来无恙

叶轻舟　著

化学工业出版社
·北京·

我们成了最熟悉的陌生人，你的一切都会回到原点，可我依然站在这里等待。

或许在某个夜里，你会无端想起一个人，那个曾让你对明天有所期待，但却完全没有出现在你明天里的人。

对的时间遇到对的人是一生幸福，对的时间遇到错的人是一场心伤，错的时间遇到错的人是一段荒唐，错的时间遇到对的人是一生叹息。

人生的底色都无尽荒凉，但看透了这荒凉之后，一步步再往回走，人生，就会一点点温暖起来。半夜听远处笛声，他吹的是绕春的情分，我听的是人生的惊蛰。

生命中最重要的那个人，或许当他在你身边的时候，能感觉到的也只是淡淡的温暖而已，并不比一杯热茶更显著。但失去的时候，你却感觉整个世界瞬间荒芜。

你问我喜欢你哪里，我说那天天气有些阴沉，我在街角的咖啡店，恰巧看到你，带着一身阳光走进我的心里，从此便着了迷。

前　言

你一定这样用力地爱过一个人，你对他言听计从，千依百顺，你的卑微在尘埃里开出了花，又枯萎了；你一定这样执着地爱过一个人，你爱他到昏天黑地，你爱他到不管不顾，你爱他到哪怕他朝秦暮楚也依然不肯放手；你一定这样无望地爱过一个人，你在尘世跋涉，经过千山万水，只为了给他惊喜，于是结果给了他，过程留给你。

你看，爱情最叫人难过的不是遇不到，而是遇到了，甚至在一起了，却又在不经意间失去。然后心上便因此纠结成了一道疤。它让你什么时候疼，就什么时候疼。

爱情最折磨人的也不是离别，而是感人的回忆，你还站在原地，以为还回得去。

后来，你试图驱逐他的身影，入睡之前，安眠之后；你抗拒与他有关的一切，混沌之前，清醒之后。可即便如此，以后你追逐的每段感情依旧会有百分之几十的他的影子，寻寻觅觅，他还是占据了你爱情梦想的二分之一。

你为他抓狂。凭什么他可以那么轻易地释怀，一句简简单单的“分开吧”，就否定了这么久以来的陪伴，唯独留自己一个人孤独地活在回忆里，跟自己较劲。较劲怎么好好的一个人，说不爱就不爱了？

你为他固执。你以为说了分手就能不见面，你以为说了再见就能不想念。可一个突然的跟他有关的瞬间，哪怕是一句相似的话，都足以让你泪流满面。

他是你期待又矛盾的梦想，抓住却不能拥抱的风，想喝又怕喝醉的酒。时光的剪影里，所有的一切都斑驳陆离，唯一清晰的，只是他的脸。

原来，有些伤痕划在手上，愈合后就成了往事，但有些伤痕划在了心上，哪怕划得很轻，也会留驻于心。

生命中，总有一些精美的情感瓷器在身边跌碎，然而那裂痕

pre-press

每个人的电话本里都会有那么一个号码，你永远不会打，也永远不会删；每个人的心里都会有那么一个人，你永远不会提，也永远不会忘。

却留在了岁暮回首时的刹那。就像有些人，近在咫尺，却是一生无缘；就像有些遗憾，注定了要背负一辈子。

有时候也会感慨，感慨命运的轻与薄，风一吹，就什么都散了。有时候又觉得世界是一片海，而命运是肆无忌惮的风，所有的相遇和离别，不过是瞬间的波涛汹涌。我们都成了刻舟求剑的旅者，在时光之旅中丢失了曾经心爱的人。

每个人的内心都是一座城。爱可倾城，亦可毁城，而那个你终其一生等待的攻城人，不是来得太早，便是来得太迟。直到午夜梦回，枕边人不是心上人，心上人已是梦中人。

哪怕是多年后再见，同样是那一个他，同样是那一个你，不同的只是中间的岁月，多了好多关于你和他之间的故事。只是到那时，隔着悠悠岁月，你们该如何向彼此致意，以沉默？以眼泪？

也许每个人都要走很长的路，经历过生命中无数突如其来的繁华和苍凉才会变得成熟。

人生没有白走的路，每一步都算数。有时候，你无法走出伤痛，而是要学会带着伤痛继续生活。真正的痊愈，是指你能够在面对过往时不叹气，看见回忆迎面而来时不别过头去，然后，在

如果秋天过去了，我会在雪中爱你；如果世界消失了，我会在天堂爱你；如果你走了，我会在泪水中爱你；如果我走了，我会在远方爱你。

它走远的时候，不再频频回头。

即使离开了，也要记得彼此的好。因为每一段真挚关系的发展与毁灭，都是由不得任何控制的。一个人的出现和离去，不会因为你在哪个路口说没说那句话就能够改变。你能权衡把控的，只会是节奏，不会是结局。

对于过去，你既不应抗拒想起，也不用刻意纪念，更不应被往事刺痛。你要明白，有些人只能陪你走一程，在路上，那个人曾给你带来过朗朗笑声，已经足够。

命运就是，无论何时到来，你们依然会义无反顾地相爱和分开，你要学会接受和感谢这种安排，而不是用结局去怀疑开始。

这世间，太少的相濡以沫，太多的相忘江湖，你曾经深深地爱过一个人。爱的时候，把朝朝暮暮当作天长地久，把缱绻一时当作被爱了一世，于是承诺，于是奢望执子之手，幸福终老。

当所有的一切消失不见，然后你终于明白，天长地久是一件多么可遇不可求的事情，幸福是一种多么玄妙又脆弱的东西。它出现在你的生命中，原来只是为了陪你走一段路，看着你成长；它离你而去，也只是为了成全你，让你独自承担命运的安排，体现你在他身上所领悟的一切，纯洁、勇敢，一如新生。

所以，如若相爱，便携手到老；如若错过，便护他安好。既然相遇的时间不足以让你们为彼此停留，那就祝今后的彼此，各自天涯，各自珍重。

愿所有美好的相遇都能给予你面对离别的勇气，不乱于心，不困于情。

愿你见识了爱情的美好与无奈之后能更懂得爱，背影要美，笑要云淡风轻。

目 录

第一辑 你在心上，别来无恙

第二辑 爱那么短，遗忘那么长

第三辑 止于唇齿，掩于岁月

第四辑 若无相欠，怎会遇见

第五辑 岁月安好，各自远扬

第一辑

你在心上，别来无恙

不擅长放下的人，往往很擅长掩埋。只可惜，来年春天，思念总会发芽。那就这样吧，让我们依旧在各自的世界里，相安无事，各自生活。

你在心上，别来无恙

机场比婚礼的殿堂见证了更多真诚的吻，医院的墙比教堂听到了更多的祈祷。

只有经历过的人才知道，当爱情过于盛大和隆重时，很多时候，更爱的那一个人是无法喊出对面那个人的名字的。虽然就是那么简单的几个音节，可要清晰地说出它们，却像移走一座大山一样艰难。

在别人眼里只不过是一个符号的那个名字，在爱着的人心里，却一字千钧，是不到万不得已不愿吐出的一种战栗。

不能喊出的那个名字，是所有爱着的人心中的一个难舍的梦，总以为有一天，自己能够亲切自如地趴在对方怀里，呢喃那个名字千遍万遍。可太多时候，缘分的阴差阳错，却让那个名字成为岁月长路上一个硬硬的核，包裹在错过的遗憾里，凝成一枚琥珀。

甚至无论过了多少年，当你偶然想起，偷偷默念那个名字时，眼光还是忍不住左顾右看，害怕那经年的情愫，不自觉地流露出来。

有一种人，你只能放在心里，却不能在你身边；而有一种人，只能在你身边，却不能放在心里。

有一种人，你只能根植在记忆里，但不会开花结果；而有一种人，能够开花结果，却进不了你的记忆，你只能让他随着岁月而去，随着记忆而逝。

可是，茫茫人海中总有一个人，他曾经路过你的心，留下永远不能磨灭的脚印，深深地印在你的心头，无论时光流逝，还是时空转变，他的脚印都不曾褪色、不曾消失。

当所有的人都已成为你记忆中模糊的影像，他依然萦绕在你的心头。就像北极星。当季节更替，所有的星星改变了位置，只有它——北极星，依然停留在原来的位置，默默地闪着光。

每个人心中都有一颗属于自己的北极星，每个人都有属于自己的方向，而那个路过你的心的人，总是停留在你内心最柔软的地方，让人不曾忘怀。北极星依然闪烁，他依然存在。

不要努力地忘记，那只会让你的记忆更加深刻，既然他曾经路过你的心，那就为他留一片小小的空间，成为一份遥远而甜蜜的回忆。

这世上最大的冒险就是爱上一个人，因为你永远也不知道自己全身心的投入和付出，最终会换来什么结果。这就像是一场轮盘赌，你明知可能会输，但又忍不住想投身其中。其实你真正需要的并不是输赢，而是一个能令你收手的人。因为最终征服你的人，甚至会令你失去爱上其他人的能力。

然而，如果有一天，他要离开你，你不会留他，你知道他有他的理由；如果有一天，他说还爱你，你会告诉他，其实你一直在等他；如果有一天，你们擦肩而过，你会停住脚步，凝视他远去的背影，告诉自己，那个人你曾经爱过。

有时候爱就在不经意间油然而生，却让人为此执念良久。

愿他被温柔以待，愿你早日释然。愿你们在彼此看不见的岁月里熠熠生辉。愿你有勇气呼喊旧人的名字，拾起身后的孤影，然后开始新的生活。

每个人心里，
都住着一个不可能的人

心里有个人放在那里，是收藏，如此才填充了生命的空白。太阳尚远，但必有太阳。

每个人心里，都住着这么一个人，遥远地爱着。这辈子也许都无法在一起，可是就是这个遥远的人支撑了青春里最重要、最灿烂的那些日子。以至于让后来的我们想起来，没有遗憾后悔，只是暖暖的回忆。

一些冥冥中阻止你的，正是为了今天和明天，乃至以后的漫长岁月，让真正属于你的，最终属于你。有时候，你以为的归宿，其实只是过渡；你以为的过渡，其实就是归宿。

你爱一棵树、一只鸟、一只宠物，你去照顾它、喂养它、关爱它，即使它不给你任何回报，你仍然爱它，这种爱你能了解吗？大部分人都不是以这样方式去爱，因为我们的爱永远被焦灼、嫉妒、恐惧所局限，这意味着，我们在内心是依赖着他人的，我们其实是希望被爱的。

有些人，一转身就是一辈子，转身那一刻心里不禁愣了一下，或许此次之后，便是一辈子的错过，一个转身，一个松手，轨迹全部改变了。一辈子是段太长太远的时光，执子之手，与子偕老的一辈子；相濡以沫，不离不弃的一辈子。只是，一转身，一经年，一辈子。

爱不是单向，情不是索取，懂得珍惜才会持久，知道不易才能永恒。爱得无怨，疼得无悔，只因不图任何回报；爱到卑微，疼到廉价，只因入心入髓。

时间是一剂良药，它会沉淀最美的感情，也会带走留不住的虚情。缘分，需要的是珍惜和双向的互动；感情，需要的是感恩和双方的呵护。

只要心情是晴朗的，人生就没有雨天。给自己一个微笑，无论你过去做了什么，将来即将做什么，生活中依旧有许多值得感恩的人和物。给自己一个微笑，是对自己的一个肯定，也是对未来的一份期许。

聪明的人，喜欢猜心，也许猜对了别人的心，却也失去了自己的心。傻气的人，喜欢给心，也许会被人骗，却未必能得到别人的心。

当美好变成回忆，当回忆尘封在无法重来的过去里，我们总会在失去后感到惋惜，有时甚至会泪流满面。然而，飞速的光阴，回忆在岁月里越来越淡，即便那些回忆曾让我们痛哭流涕。多年后的某天，偶然想起，静静回味，噗嗤一声笑了，待到笑声收尾，脸颊湿润了，心却是温暖的。

不管昨夜经历了怎样的泣不成声，早晨醒来这个城市依然车水马龙。你开心或者不开心，城市都没有工夫等你，你只能选择铭记或者遗忘，那一次次你爱过或者恨过的旅程。

岁月很长，人海茫茫，别回头也别将就，自然会有良人来爱你。

但凡未得到，总是最登对

或美丽，或爱上，或繁盛，或凋零，不是还想等着你，不是不想忘记你，只是还没有找到一个和你一样的，让我念念不忘、深深爱着的人，来代替你。

人世间所有的痛苦来源于得不到和已失去，这就是人生的纠结。

人性仿佛都是这样，没到手的总是心为之向往的，握住的却不懂得珍惜。人生如戏，不经意间年华已溜走，空留慨叹：“恨台上卿卿，或台下我我，不是我跟你。”

我们会爱上一些人，又会被一些人爱上，但是最后却散落在天涯。很多时候，你与已经不在身边的人的唯一瓜葛，就是你想起的那一刹那——那一刹那他在干吗？那一刹那他又是否挂念你？犹如走上了经纬相交的异路，你与你的挂念只在交叉的那一点，为了那个刹那，拿出各自的信物，践约。

世间的事物总是来去匆匆，多数的人，多数的故事，也只是昙花一现，只是痴男怨女，还在爱恨中沉迷。所以害怕分手，所以失恋才那么受伤，因为那不仅仅是失去一个人，而是失去曾经和他一起筑过的关于未来的梦，就像是心痛地看见自己用心编织的未来，被点燃、消散，一派凄绝与落寞。只是很多人并不能明白这种心理。

在两个人的感情世界中，一锤定音的，不是心有灵犀的睿智，不是旗鼓相当的欣赏，更不是死心塌地的仰望，是心疼、是怜惜、是两难境地里，那一点点无可奈何的舍不得。

人世间最美是当初的相聚，最恨是此后的别离。不过如此。

拥有就是失去的开始。我们拥有过彼此也失去了彼此，拥有过爱情也失去了爱情。但凡未得到，但凡是过去，总是最登对。

他总会牵起别人的手，你总会为别人穿上嫁衣。只不过是现在，你们都很不甘心，觉得也许，也许再努力那么一点点，也许结果可以有那么一点点不一样。

你渡得过万里狂风，渡得过千条性命，渡得过诗酒年华，却渡不过他不顾而去的目光。

都说彼此深爱过的人不可以做朋友，可是从此沦为最熟悉的陌生人是否又太可惜了一点？我们没有在一起时能否像家人一样，远远关心，远远惦念？

或许在很多时候，我们在心底还是抱有最后的幻想吧：“如果多年后你未娶，我未嫁，我们能否重新在一起？”

得不到的永远在骚动，被偏爱的都有恃无恐

小时候我以为最浪漫的事，是一个人走很远的路去看另一个人，现在我明白了最浪漫的事，是一个人不管走多远的路，心里想的都是同一个人。

听说，他在她的城沐浴着灿阳，享受着日光的洗礼，却还是会莫名地心乱一场。听说，他遇见了值得爱的她，和她十指相扣，执手到老，从此长乐未央。听说，他把思念遗落在了角落，尘封在了漫天飞雪的冬季，冰封了所有的情愫，让自己冬眠。听说，现在的他很快乐，身旁的她有着和你一样纯真的笑容。

听说，他遇见了日光倾城，却还想着月色荒芜；听说，他在时光的另一端的海角天涯散落忧愁，赴尽想念；听说，他还相信着爱情，相信着最初的悸动；听说，听他说，他依然爱着爱着他的你。

不是每个故事都会有结局，而大多数时候原本看起来天造地设的两个人，突然间就宣布了分手，最后连句再见也没有。再或者明明互相喜欢，却没能在一起，最后变成了陌生人。

心痛还是难过都慢慢地熬过去了，一天一天的日子像白开水一样流淌过去，到后来甚至开始怀疑那么热烈的曾经是否真的存在过，自己离开那个人之后一样过得好好的，可是总觉得缺了一些什么。

听到某首歌的时候还是会突然间想起来很多事情，原来这么长的时间，你心里还是有一个坎，始终觉得他还会回来。原来你为了他从来没有自由过，即使你跟他最后也没能在一起。

其实，你所有的不开心，无非是得不到，然后还想太多。

这个世界上总有那么一两个不知道珍惜你的傻瓜，他可以轻易地看穿你的所有防备，他可以轻易地影响你的心情，他可以轻易地改变你的习惯，而你却说不出喜欢上他哪一点。他可以轻易地走进你心底，而你因为他把对你好的另外一个人深深地锁在门外。他可以轻易地伤害你，而你却说不出在哪个场合他曾让你动心。可是到最后，你们还是就这么分开了，各自在对方的黑名单里。

你想要付出一切来换一个时光机，好让一切从头来过不让故事有这样的结局，或者不让自己再遇见他，可是到最后，却还是孤单到天明。然后你渐渐地明白，原来有些人是用来告别的。

遇见一些人，再和他们告别。分开是没有办法的事情，自己比谁都清楚，那个人是不可能再回来的了，可是你却还是为了他不由自主。你说不清为什么，谁知道呢，这个世界上有很多事情是没有原因的，比如天空的颜色和海的温度，比如当初偏偏就在人群中遇见了他。

得不到的永远在骚动，被偏爱的都有恃无恐，而你为了谁，不由自主？

时间过去，你终究要学会接受，接受意外、接受变节、接受误解，接受努力了却得不到回报，接受世界的残忍和人性的残缺。

但这不代表你应该妥协，而是要更加努力去爱，去为遥不可及的一切付出心血。不患得患失，不怕翻脸，不惯着任何人，亦不做亏心事。

如果我爱上做梦，那梦里一定有你

一个人的爱情就是一片海，海水是深情，蔚蓝是信仰，载着一页生死相守的明亮，远走他乡。有些人被海浪冲散，客死他乡，有些人登上一座岛，落地生根。

爱一个人的感觉就像是在赌，押上自己的时间精力和一颗真心，想要你看我一眼，再一眼。可我押得越多，就越来越舍不得收手，眼看着别人赢得盆满钵满，可自己却输得分文不剩。

我曾经还骗自己说不求回报，可上了赌桌的人，有谁想空着口袋走？

爱可以是一瞬间的事情，也可以是一辈子的事情。很多人，因为寂寞而错爱了一人，但更多的人，因为错爱一人，而寂寞一生。很多时候，我想爱你，却发现自己根本不可以爱你；

很多时候，我想忘了你，却发现你早已嵌入我的生命里。

在爱的过程里，那种想念的感觉在心中百转千回，却从不敢轻举妄动，身边再喧闹，想到有个你，便也就温柔安定了。

走在路上总想着抬头就能看见你，转过每一个弯总想着你刚好迎面走来。每遇到一处美景、每尝到一道美食、每听过一段笑话，都会想要是你在就好了。

想念就像咳嗽一样不能忍耐，但是偏偏就卡在了嗓子眼儿里和心跳一样蠢蠢欲动，可是宣泄不出来。千头万绪涌上心头，觉得怎么爱你都不够，却又觉得抱住你就够了。

会模拟和你再次见面的场景，脑子还没反应过来，眼泪就先掉下来了，像胃疼那种抻抻悠悠的疼，连着肚子、肠子，鸡皮疙瘩起一身。

想你，可以在时空里的任何一个交点，围绕着你，描绘出你可爱的模样。你在我脑海里深深存在着，虽然你给过我的画面屈指可数，我却如数家珍。

在每一次想你的时候，我总小心翼翼地捧在手心，把它仔细翻看，不管多少遍，都不会觉得厌烦。那些绿了满树的叶子，又黄了满地的叶子，都在窃窃地笑我的痴。

我想如果你知道，你大概也会笑我的痴吧？

每个人都有潜在的新生的能量，只是很容易被习惯所掩盖，被时间所迷离，被惰性所消磨。期待能冲刷一切的除了勇气，就是时间，以时间来推移感情，时间越长，冲突越淡，仿佛不断稀释的茶。让我能够做到得不到自己所爱的，就爱自己所得的。

然而，你依然会跑来占据我的思维，好像你随时都在我身边，从未离开，犹如我无时无刻不呼吸着的空气，而我也只有妥协，把这难得的空闲全部用来温习你在我脑海中那些单调的固有画面。

我不知道为什么会想你，也不知道你的什么吸引着我，更记不得每次想你的时候都想了些什么，只是在这样的时光里，我忘记了周遭的一切，仿佛世界的所有繁华与纷扰都不存在，在时光的河流中安静地沐浴着温暖，独享这份愉悦。

想你的时候，我会偷偷地笑，像个孩子一样，不为心爱的玩具，不为蜜甜的糖果，只为想着你时的美好。

想你的时候，我也会暗自的忧戚，像个诗人一般，不是为世间爱的堕落，不是为人性善的泯灭，只为你眉梢的轻愁。

想你的时候，我还会独自的伤感，像个战败的士兵，不是因为战斗的失败，而是因为战败后不能捧着一束馥郁的百合戴在你的头顶。

这个世界上其实没有恒定的等式，也没有纯粹的充分必要条件。我爱你，并不能换来你爱我。我想你，也并不能得到相同的你也想我。我等你，你也不一定能准时到达。

人的一生会遭遇无数次相逢，有些人，是你看过便忘了的风景；有些人，则在你的心里生根抽芽。那些无法诠释的感觉，都是没来由的缘分，缘深缘浅，早有分晓。之后，任你我如何修行，也无法更改初时的模样。

愿你我以后深爱执手有归期。

情书再不朽，也磨成了沙漏

最开始的时候，想当英雄，想变超人，想成为被光环围绕的很厉害的人。后来呢？后来，只想做一个普通人，养一条狗，一只猫，有一个小房子，和一个爱的人。

相遇，是因为这世界有会说话的文字；相恋，是因为我的世界里有个能懂我心的你。

若我能写出风流，当给你倾城浪漫；若我能写下温暖，当陪你度过寒冬；若我能写入你心，当为你写一世情书。

亲爱的，我在一个角落，蜷缩成猫。我知道我只有这么一个角落。锋利的锋利，坚硬的坚硬，我不惊恐，可我不想亮出柔和，清水一样，放在太阳下，缓缓蒸发，都没人听见水的叹息，就乌有了。

我不知道我们多久没见了，上一次，你是你，我是我，我们相视而笑莫逆于心，是不是已经不能靠两双手的指头扳起来数月份了？最近这些日子，我总是忍不住猜测，那个完全透明的孩子气的你，是为了爱我才出现的，所以，不爱，就不见了。

夏天的阳光可以把人变得很轻，我想我的体重都跟着眼泪和汗水升腾不见了，于是，可以考虑把自己当一只风筝，六级风就能升空，然后可不可以不下来，一直在云朵边执着。

亲爱的，最近我试过蹦极，犹豫了那么久之后，“啊”的一声跌落下去，失重的刹那，只有一个念头，希望有你陪着我。

和你分别后，我又走了几个城市，在江边听江水，海边听海浪，扑簌簌的满脸热泪，我一直想，为什么在你面前讲话的时候，我都倔强地仰着脸，让你觉得我并没有那么在意你。

我从别人嘴里听到了你最终也没跟我讲的故事，于是更清晰地看见你的沉默，你生命的纹路里那么多刺，拔不掉，好像我。

我养了一盆花，但它一直不开，直到有一天我劝说它，你看，我只有你，你只有我，为什么你非得这么任性地拒绝我？

亲爱的，我给你写了很多信，钢笔、竖版信纸，很老派，字字句句，都是我过得如何好，我如何不再需要在意你哪怕一点点了，于是终于都烧掉了，那满篇的谎话。

有人告诉我，其实我们都在彼此保护着，不让最坏的自己带着对方一起堕落，偶尔我也劝慰自己，就是这样的，可是，最好的自己不是也只有跟对方在一起才会出现吗？

告诉你哦，最近我习惯了早睡，夜太深，人就会被淹没，我在茫茫梦乡里怎么都找不到你，你跟我的感应，果然是一点点都不剩了。

还有，对着树洞说秘密这样的蠢事，我终于也做了一回，小声说了那句话三遍，眼泪就比小雨更密集了，可是不是我说三万遍也没用呢？

亲爱的，我相信，世界给了我们出路，只是我们都太执拗，可我深信“故事从头开始，我对你依然心动”。亲爱的，你给了自己那么多层甲壳，有没有哪怕一次想过，“若伸出手还是渴望被你把握”？对于不再爱你这件事，我不能再继续充满谎言地生活了，而你还要假装这样多久呢？

我的力气只够抬头看着天，看风把云推开，时光移动城市。而你的勇敢能不能支持你，假如，有一天你只剩自己，能不能回来找我？

亲爱的，这封情书我永远不寄。我们还要继续比赛骄傲和固执吗？我常常对自己说，其实没有你，我也活得很好的。可为了什么，我还是在等你呢？

亲爱的，我说完了。你永远也别听，永远也别信，永远也别找我，好吗？

就让我以友情的名义，继续爱着你

人越长大越会明白，世界上有种最好的东西，叫得不到。你是我的秘密，我怕你知道，又怕你不知道，更怕你知道却装作不知道。我不说，你不说，又远又近。

一见钟情这种事，浪漫但不一定长久。日久生情这种事，很难却更难分开。一见钟情永远和外貌有关，日久生情永远和习惯有关。越缓慢地爱上一个人，就爱得越长久。爱情可以有一瞬间，但真情却需时间浇灌。

有一种情感，虽然彼此知晓，却装作若无其事，生命的每一刻都会和彼此分享；有一种情感，以为永远专属于自己，有一天，有人要和你一起分享，心里的痛瞬间爆发；有一种情感，在心底里永久珍藏，当你拥有幸福的那一刻，真心祝福。因为，你们不能在一起，因为你们一直以友情的名义深爱着对方。

在这个世间，多少人以友情的名义，爱着一个人。多少人以友情的名义，拒绝一个人。多少人不敢说出来，害怕说出来后连现在这样都不可以了。多少人喜欢一个人，只是告诉了她让她知道，然后转身离去，再也不提。多少人喜欢一个人，却是始终都没有告诉她。

多少人爱着，却好似在分离。多少人走着，却好似困在原地。多少人败给了一个“等”字。多少人约定，转身后谁也不再回头，可是谁也忍不住。

多少人见证了他们的爱情，却没有见证他们的婚礼。多少人来到你的生命，便匆匆离去，再也不见。多少人走进你的生活，只是为你的人生上一节课。多少人希望与你生活在一部电影里，下一个镜头是一行字幕：多年以后……

多少人在你的生命里一闪而过。多少人曾想与你一起颠沛流离。多少人一直活在你的记忆里，却怎么也想不起来。多少人的青春忍受着巨大的伤痛，在义无反顾中呼啸而过。多少人与你听着同一首歌曲，触动着同样的心情。

多少人放开了你的手，却盼望你能回来。多少人挽留过你，可终究没挽留得住。你挽留过多少人，也是如此。

多少人小时候很少去考虑长大了是怎么样，长大了却老是去想小时候是怎么样的。多少人想知道哪天自己喝醉了，一个人走在街头，会歇斯底里地喊出谁的名字。

多少人小时候哭着哭着就笑了，长大了笑着笑着就哭了。多少人在一起，发誓永远不分开。

多少人因为你的丢失，而翻遍了全世界。多少人明知道你们不可能，却对你嘘寒问暖，一如既往。

多少人买的双人票，去看的却是单座电影。多少人爱你，爱了整整一个曾经；多少人想你，想了整整一个过去。多少人想在雨天给你送伞，却怕你不接受。多少人告诉自己不要改变自己，却还是因为你失去坚持。

多少人想陪你看第一场雪，你也想有人陪你看雪，可对方却不是彼此。多少人喊你傻瓜或笨蛋，其实他喜欢上了这个傻瓜或笨蛋。多少人想你，无时无刻不，每时每刻都。多少人每天都打扮好自己，只为能与你遇见时的第一印象。

多少人珍藏着一个小物件，那是你送的。多少人持有一个小物件，为将来送给某个人。多少人把眼泪埋在睫毛深处，轻轻地对你说祝你幸福。多少人曾在充满雾气的玻璃上，写下一个人的名字，然后匆匆擦去。

多少人从远方赶来，只为看你一眼又匆匆离去。多少人分手了，一个去流浪，另一个还在原地傻傻等你回来。多少人在寻觅，多少人在等待奇迹。

不如，就以友情的名义，继续爱吧。

你是最烈的酒，
我曾认真地醉过

慢慢地才知道，有些人魂牵梦萦，却只适合放在心底；有些人波澜不惊，却适合相伴一生。爱情，是一次命中注定的相逢，或驻足、拥抱，或擦肩、回眸。有些走过，很淡、很轻却很疼。

总是有那么一个人，会把你气得直跺脚，把你伤得直哭，把你弄得像个疯子。但是只要他说句什么，你就又会笑得最甜。

这世上，有些东西永远都是不公平的，比如爱情，比如那付出更多的恋慕。

幸好，当你能泰然自若地叙述自己的恋慕故事时，那些故事就已经对你不重要了。有些事，就是需要时间来化解。

有的人怎么对你好，你都无动于衷，有的人把你的心都掏空了，你还假装不疼，因为你爱。我们总会遇到许多心动的人，只是也许，有的适合一起长守，有的适合用来怀念。

最在意的人，总是不知道你的最在意。这座水泥森林再荒凉，都能演出一段爱情，或者荡气回肠，或者刻骨铭心。

你们都曾付出真心，以不同的方式，只是当时理解不了彼此。其实，谁也不欠谁，爱情无须缅怀，他是那些年月里最烈的酒，而你曾认真地醉过。

你看，你总是在错误的时间，错误的地点，懵懵然就爱上那个人，然后，不得不用尽一生，遗忘。

每一个人都是这样，咬到舌头才知道吃东西不能太着急，爱过错的人才知道不是执着就能在一起，所有的经历都是必然，不摔跤永远不知道哪里的路最平坦。

那些年爱过的人，他们提前下了车，给了你所谓的伤害，后来想想也挺好的，至少在你最懵懂的年纪教会你爱与放手。

现在一个人抚平生活的难，即使孤独也能乐观，宁可单身，也绝不轻易把最好的自己浪费在错的人身上。

爱情像开车，急不得，缘分自会安排相遇，那个适合你的人，就是全世界最好的人。

爱是什么都介意，最后又笑着去原谅

爱情是要用一生一世去解读的谜，看不清亦说不明白。是毒药，却有无数人去饮；是刀山火海，却有太多人去闯；是烈酒，却让人甘愿肝肠寸断。

爱很奇怪，什么都介意，最后又什么都能原谅。眼睛为她下着雨，心却为她打着伞，这就是爱情。

动了真感情的人都会喜怒无常，因付出太多，难免患得患失。他让你红了眼眶，你却还笑着原谅，这就是爱情。

有时候喜欢一个人，并没有什么跌宕起伏的情节，没有什么生死相守的誓言，只是，相视而笑，莫逆于心。

他对你说过幸福的天长地久情深意切。他对你说过有一天他会娶你，他要娶你。他所对你说的，却将是你心碎过后的一纸笑谈。是命里钦定的爱情还是注定凄艳的荣幸？是执着于理应顺其自然的剧情，还是相信一生不曾有过的浓烈的爱情？不断回首，几番驻足，情字路上，总会有分岔口。

你不停地翻弄着回忆，却再也找不回那时的自己。你闭上眼还能看到他，可睁开眼睛，他早已不在身边。

其实，没有关系的，天空还在，阳光还在，世界还在。要用感谢和原谅，驱散那片小忧伤。

冰雪谅解了春风，便有了繁花似锦的明媚春日；阳光谅解了细雨，便有了乍雨乍晴的缠绵夏日；烈日谅解了秋风，便有了硕果累累的丰收秋日；枫叶谅解了冬雪，便有了银装素裹的纯美冬日。

有时候原谅一个人是因为太在乎，所以一让再让；有时候不去吵是因为舍不得，所以一忍再忍。感情，是两颗心的慢慢磨合；相处，是两个人的相互退让。

一颗心，始终不愿放弃，是知道一路走来有多么的不易；一个人，总是默默守候，是懂得太多的风雨与共需要莫大的勇气。

其实，这世上没有谁属于谁，只有谁会陪着谁。感情，从青涩到味浓，再从味浓到平淡，丢弃了自己的小情绪，只为慢慢适应对方。

爱是两个人之间的互动，情是两颗心之间的习惯。不愿、不忍、不肯的执守；无怨、无悔、无求的付出。爱着，所以风雨与共；爱着，所以不肯走开。

付出感情，才会心疼；不问结果，才有真心。爱一个人掏心掏肺，只希望对方可以看见；守一个人不言放弃，只希望可以始终不远不近，一直都在。对一个人好得包容他的胡闹、原谅他的无理，这不是没有底线，而是为爱一降再降。

感情，经不起敷衍；真心，受不了漠视。心要爱护，才有温暖；爱要珍惜，才有可能。

既然两个人因为爱才在一起，就认真经营这份感情，对待对方要体谅、要包容、要信任，否则就别把对方当恋人。记住你爱的人也是普通人，你自己也有犯错的时候，原谅他犯的错误，接受他指出你的缺点和不足，就是给自己不小心犯错时他也能原谅你的空间。付出能付出的，结果不重要，幸福在付出中获得。

爱是入心，不需要理由，喜欢你的所有；爱是用心，怜你一切，心疼你的心疼；爱是相随，即便遇见比你更好的人，还是要跟你在一起。

爱是心甘情愿，视若唯一；爱是全力以赴，不离不悔。爱你，把心给你，把将来给你，把所有的一切都给你。

感觉是个奇怪的东西，说不上哪里好，却让人舍不得；爱恋是个让人失去理智的事情，明明知道没有结果，却是撞了南墙也不回头。

总听到太多人对爱的挑剔和职责，人人都不能接受爱有瑕疵，那只是因为，他们没能真正尝出爱的真味道。

原来，每一份爱的背后，都是妥协。

不加点世事难料，调不出爱情的味道

有时候我真想忘了你，只记得这个世界，然而，我常常忘了整个世界，只记得你。

其实每个人心中，都有个忘不掉的人。你总会在无聊的时候想想，一个人吃饭的时候想想，他在吃什么？走在夜晚的大街上时想想，他会在做什么呢？

你默念：“世事如书，我偏爱你这一句；世上人那么多，可我偏遇见你。”

你低语：“你瘦的时候不小心住进了我的心里，现在长胖了，卡在里面出不来了，我也习惯了。”

原来，有些记忆，不因时间而消磨；有些美好，不会随岁月而黯淡。

还是熟悉的小路、熟悉的小店、熟悉的小物件，同样一条街，一个人再走一遍，还会触及到一点点那些过往。

曾经真的以为什么都已经放下了。然而，忘不掉的是回忆，继续的是生活。来来往往，身边出现了很多人，总有一个位置，一直没有变，看看温暖的阳光，还是会想一想。

走过的那一段，已是一段蒙太奇的胶片，剪辑了一些，藏在心里，偶尔拾起再祭奠一次，过去的那段情感和一直住在心底的那个人。年轻就是这样，有错过、有遗憾，最后才会学着珍惜。

缘分这东西，当你拼命渴盼时不会来，东想西想时不会来，四处寻觅时不会来，死不撒手时不会来。有时候，就在你完全想开了，爱咋样咋样时，它就挺不经意地掉你头上。不是你去选择缘分，而是缘分选择了你。所以啊，去偶遇爱你的人，选一个你最爱的人结婚，这就是最大的缘分了。

不加点世事难料，调不出爱情的味道。偌大的地球上，能和他相遇真的不容易，感谢上天给了你们一次相识、相知的缘分。即使某天这一段感情再也无法继续，相信你也会记得曾经有一个人和你相依，因为他已是你今生永远无法割舍的牵挂。

每个人的一生中总会遭遇一次伤筋动骨的爱情，伤过之后，就有了免疫力，再遇到爱的时候，就很难再百分百地去投入了。每个人的一生中都会遭逢一场无疾而终的热恋，爱过之后，就有了后遗症，再想去爱的时候，就很难再百分之百地去相信。

谢谢他吧，谢谢他让你拥有过那样一段感觉，完整、真实、自然。

你终会明白，所有的深情，其实是由许多细碎的时光一一串成的，就像一串亮着迷蒙微光的小灯泡，静静地俯伏在脚边，照亮着你们曾彼此相依相伴的身影。当时只道是寻常，直到一天，灯火已阑珊，你才发现，那些寻常日子才是最美好的祝福。

好的感情，
不只是走到最后的那种

你是我的可遇不可求，可遇不可留，可遇不可有。

我仍然相信天长地久，一生的守候，或许也不会等待到爱回头，可是因为有了等候，因为有了漫长的的时间去怀念，那么，即使在多年后，再回想从前，还是会有一份属于旧时的回忆与期待。

不知道该以怎样的心态去回忆你，却也时常想起你。有时候听一首歌或者看一则故事，即便我们的故事和它一点都不像，也不由自主地在心里拐了好几个弯地想起你。

失去你之后，恨过也埋怨过，可静下来时，想起的多是你的好。你花了很多的心思试图让我明白的道理，在分开之后，忽然才明白。

爱需要回应，感情需要共同的经营，有时候低头示弱并不意味着真的做错，而是因为心里的天秤从是非对错这一边偏向了心里的那个人。

原来，恋爱最好的状态，就好像两个人忘了在谈恋爱，简单地说就是不累人、不费神、不刻意，不用琢磨更无须纠结，乐得安于现状、安心、踏实，在一起变成了习惯。

后来也交过新的恋情，带着曾经对你的亏欠，加倍地弥补到新人身上，改正自己的坏脾气，不断给重复的生活制造热情。然而，当做尽了一切却得不到对方的回应之时，开始懂得过去你所承受的那份艰辛，意识到好像未曾给过你一份温暖的心意。

新恋情的热度很快冷却，再也没有如初见你的那般持久的欣喜。于是又回到了一个人的起点。

每一段感情曾经犯下的错，都会希望在下一个人的身上寻求救赎。你教会了我珍惜，也教会了我什么叫失去；你教会了我爱情，却要与另一个人共度余生。

你离开的那一天，整个青春就和我告别了。

生命里完美的事太少，我们把这叫作“遗憾”。有些事情瞬息万变，有些人一转身就不见。随着年岁的增长，也渐渐明白，世上的事没有什么是理所当然，爱是用来珍惜的而不是放肆的。遗憾的是，我们都明白得太晚。

陈奕迅唱：“烧完美好青春换一个老伴，把一个人的温暖，转移到另一个的胸膛。”我也会这样吗？烧完了青春，然后和一个合适的人结了婚，那个最爱的人从此就被锁进了心底，成为了一块不愿揭开的伤疤，一个不能再向人说起的秘密。

可即便如此，下一个人得到的只是懂事的我，而你得到的是最完整的我。

只是我知道，从此以后遇见的人，再没有一个会像你，让我怀念。

假装不在乎是最难的事

当你爱一个人的时候你就应该说出来。生命只是时间中的一个停顿，一切的意义都只在它发生的那一时刻。不要等，不要在以后讲这个故事。

每个人的爱情都不尽相同，但是爱走过心底的感受有时又是那么的相同。生命的缝隙塞满了无数珍贵的记忆，那些很久的人，很旧的事，总会发酵出别样的味道来。那是任何的一种新，都不能代替的寻味。

每个人时光的日记里都保留了一页，永远不被撕去的纯白，我们渴望着在那页洁白里找回青春的印记，找回被某种滚烫的热血涌往心头的感觉。可以隐忍思念的心情，却不能退却回忆的潮水。

只有身心全部湿透，才肯承认还在默默地爱着。

年轻时，我们的感情总是脆弱、傻气的。在喜欢的人面前维持着一种愚蠢的骄傲，有时仰视太多，有时过度任性。

在这样一轮又一轮莫名的误会中我们看似失去了很多人。但其实爱情到最终，拼的都是人性。

“你为什么不理我？”这是只有小孩子才能问出来的话，不在乎自尊，不在乎姿态高低 。随着年龄的增长，你渐渐学会了保护自己，在别人疏远前先一步动身，在别人冷淡时加倍地冷淡，在得不到的时候大声说：“我根本就不想要啊！”

你若以为爱是自尊，是他不爱你，你宁愿忍痛离去，是他心里只能有你一个人，绝不做他的退而求其次，那么你还不够爱。

你爱他、他爱你是世上最完美的爱情；你爱他他不爱你，次之；最痛苦的是，他爱你，你不再爱他；而最最悲哀的是他爱你，你有点喜欢他。

如果他爱你，你不再爱他，不过是曾经如此，以后不再的遗憾，接受之后，不过是十八个月的生理习惯期；而他爱你，你有点喜欢他却可能是一辈子的牵绊，前者总不甘放弃而后者总不能给予。如同身上的顽疾，不要性命也无法根治。

为了不让对方起疑，你只能将海一样汹涌的爱伪装成湖水一样平静，将每一个饱含深情的句子打磨得漫不经心。而你不知道，假装不在乎一个人是这个世上最难的事。

一个人年轻的时候总感觉自尊心比爱情重要，后来才发觉，自己一直在用一生的时光去后悔和追忆着那段年轻时候的恋情。原来错失的那个人，才是自己一生中最美丽的相遇。

命运经常和我们开玩笑，你不想要的他会硬塞给你，想要的费尽思量，却也得不到。

曾经以为世界上最短的咒语是“你胖了”、是“没人爱”、是“没有钱”、是“没朋友”、是“一个人玩”，直到遇到了一个人，才知道世界上最短的咒语是他的名字。

我们总是太矜持自己的拥抱，太吝啬自己的亲吻，我们总以为还有很多个明天可以挥霍，还有许多人可以取代真爱，但忘却了其实我们拥有的今天，正是许多人已无法抵达的明天。我们不甘心眼前的伴侣，却忽略了众里寻他的那个人或许就在身边。

或许人一生可以爱很多次，然而只有一个人，可以让我们笑得最灿烂，哭得最透彻，想得最深切。

你因他落泪、因他感伤，为他付出所有也在所不惜。你以为这便是爱情，得不到的，总是最好的，而咫尺的温暖，却不懂得珍惜。

爱，本来就是一件百转千回的事，但愿某一日，你能幡然醒悟，珍惜眼前人。

我没有很想你，只是想你

你如果想念一个人，就会变成微风，轻轻掠过他的身边。就算他感觉不到，可这就是你全部的努力。人生不就是这样子，每个人，都会变成各自想念的风。

我没有很想你，真的没有。

我只是在走到某个路口的时候才会想起你，我只是看碟看到一半的时候才会想起你，我只是听歌听到一半的时候才会想起你，我真的没有很想你，我只是在我不想想你的时候想起你。

这样真好，我没有很想你，我没有想你想到发疯，我只是想你想到眼睛潮湿。

我没有很想你，只是在睡不着的时候想你，只是我不知道是睡不着想你了，还是想你了睡不着。

我没有很想你，即使想你，也不是我想你的程度，在时间面前我们什么都没有留下。时间这样用来浪费，我不心疼。不想你的时候他们变得一片空白，想你的时候我快乐。不想你的时候我寂寞，快乐不会多一点，回忆在机械的重复，寂寞总会浓一些，不想你的时间只好越来越少。

我没有很想你，我想你，但只是想你而不打扰你。

想你的时候，把你的名字写在手心，摊开是思念，握紧是牵挂；想你的时候，把你的容颜画在纸上，想你是快乐，念你是幸福。

我想你，在城市的那一头；我想你，在我思念的那一头。你可记得答应过我，不管在哪里，都一定要过得很好。

对不起，只是突然很想你，对不起，这样算不算爱情？什么声音、什么风景，触动了我的心？不太确定、不太相信，却会忽然很想你。车轮在道路中高速前行，日落温柔地投射在反光镜上，收音机低吟浅唱的旋律，让我的心听见微微动静。

搭车的时候总喜欢看着窗外。看着那些转瞬即逝的光影。头微微发晕，只是忽然很想你。

用双手遮住，照耀脸庞的阳光还是斑驳地洒下来，没有人在旁边为我撑阳伞，只是忽然很想你。

一个人行走，许多的擦身而过，熟悉抑或是不熟悉的脸庞，一个微笑、一个眼神，只是忽然很想你。

拥抱，要是可以一直抱着你就好。把脑袋深深地埋在你的怀里，呼吸着只属于你的气息，贪恋、眷恋，只是忽然很想你。

练习，练习一个人也可以快乐，告诉自己，其实一个人的世界也是可以很精彩的，可练着练着，那些有你的日子又如此鲜明，只是忽然很想你。

拒绝从别人口中听到任何关于你的消息，我怕对你的感情会再次涌起，可当蜷缩在被子里的时候，该如何独自抵挡住这一发不可收拾的思念？只是忽然很想你。

听说，当那个他出现在梦里的时候，就是他在想你。幸好我的梦里常常有你在，我却只能这样安慰自己。

对不起，只是突然很想你，愿想念你的我一切安好！

对不起，只是突然很想你，你若安好，我必不扰！

第二辑

爱那么短，遗忘那么长

我曾经爱过你。爱情，也许在我的心里还没有完全消亡，但愿它不会再打扰你，我也不想再使你难过悲伤。

我曾经默默无语地、毫无指望地爱过你，我既忍受着羞怯，又忍受着嫉妒的折磨。

我曾经那样真诚，那样温柔地爱过你，但愿上帝保佑，另一个人也会像我一样，爱你。

爱得深，爱得早，不如爱得刚刚好

喜欢那种淡到极致的美，不急不躁，不温不火，款步有声，舒缓有序；一弯浅笑，万千深情，尘烟几许，浅思淡行。

渐渐发现，相恋多年的人们就这样形同陌路了。或许，他们并不是不爱对方了，而是不能给对方各自想要的生活。但你应该相信，他们或许依然爱着对方，只是一个不懂得怎么去爱，一个想爱却无能为力。

生活就是这样，最终相守到老的人，也许并不是那个曾经许下海誓山盟，承诺白头偕老的人。多少真爱最后被现实击败了。

会一直说真的没什么，然后又对着别人的故事沉默。表面终究会归于平静，只是内心的波涛汹涌却不为人知。只有自己才知道，谁是自己真正爱的那个人，谁又是伤了自己的那个人。所以最后的最后，当你们都有了彼此的归属，他只能是你记忆中模糊的剪影而已。

其实你寻寻觅觅了那么久，尝遍每一次爱情的甜蜜与艰辛，而最后选择的爱人，不过就是在你心意萌动时，经过身边的那一个。

时间才是冥冥中一切的主宰者。回首往事的时候，想起那些如流星般划过生命的爱情，我们常常会把彼此的错过归咎为缘分。其实说到底，缘分是那么虚幻抽象的一个概念，真正影响我们的，往往就是那相遇与相爱的时机。

男女之间的交往，充满了犹疑忐忑的不确定与欲言又止的矜持，一个小小的变数，就可以完全改变选择的方向。如果他出现得早一点，也许你就不会和另一个人十指紧扣；又或者相遇得再晚一点，晚到两个人在各自的爱情经历中慢慢学会了包容和体谅，善待和妥协，你们也会携手白头。

在你最美丽的时候，你遇见了谁？在你深爱一个人的时候，他又陪在谁身边？在你心灵最脆弱的时候，又有谁在与你同行？爱情到底给了你多少时间，去相遇和分离？去选择和后悔？

如果爱一个人而无法在一起，相爱却无法在适当的时间相遇，如果你爱了，却爱在错误的时间，除了珍藏那一滴心底的泪，无言地走远，你又能有什么选择？

时间的荒野，没有早一步也没有晚一步，于千万人之中，去邂逅自己的爱人，那是太难得的缘分。更多的时候，你们只是在彼此不断地错过，错过了杨花飘飞的春，又错过了枫叶瑟缩的秋。直到漫天白雪，年华不再，在一次次的心酸感叹之后，才能终于了解。

即使真挚，即使亲密，即使两个人都已是心有戚戚，你们的爱，依然需要时间来成全和考验。

这世界有着太多这样那样的限制与隐秘的禁忌，又有太多难以预测的变故和身不由己的离离合合，一个转身，也许就已经是一辈子。

爱不能勉强，不爱也是

你说你会爱我一辈子，我真傻，居然忘了问是这辈子还是下辈子。

年轻的时候，大概总忙着谈恋爱，想生生死死地爱一个人，就爱一个人，以为这样就会天荒地老，也许是那时只想谈恋爱了，所以反而不知怎么爱了，等到明白爱是怎么回事了，却再也没有人可以爱了。

世界那么大，爱上一个人那么容易，被爱也那么容易，但是要相爱，竟这么难。当自己最爱的人和最爱自己的人是同一个人的时候，你就是世界上最幸福的人！

你不是他第一个牵手的人，不是他第一个拥抱的人，不是他第一个亲吻的人，不是他第一个拥有的人。可你希望你可以是他遇到痛苦第一个想倾诉的人，是他遇到快乐第一个想分享的人，是他遇到挫折第一个想依靠的人，是他今生第一个可以相伴的人。你真的可以是他心中某一个可以第一的人。

总有一些人，原本只是生命的过客，后来却成了记忆的常客。爱情就是这样，有些人会慢慢遗落在岁月的风尘里，哭过、笑过、吵过、闹过，再恋恋不舍也都只是曾经。

在每个人的生命里，都有一些无疾而终的情感，就如某些流光飞舞的时间，注定是用来浪费的一般。人总有些执念，越是得不到，越觉得完美无缺；越是时空距离远，越觉得重逢会妙不可言。想要复制曾经那份美好，却不知道沧海已变桑田。

总有几分钟，其中的每一秒，你都愿意拿一年去换取；总有几颗泪，其中的每一次抽泣，你都愿意拿满手的承诺去代替；总有几段场景，其中的每幅画面，你都愿意拿全部的力量去铭记；总有几段话，其中的每个字眼，你都愿意拿所有的夜晚去复习。

很多时候，你埋怨生命无法重来，但你想过没有，如果可以重来，又有谁会珍惜它？

你挽留因为你还爱着，即使结果是换来疲惫的心，远走的人，逝去的爱，你也心甘，必竟你是为此努力过的。

永远不要对任何事感到后悔，因为它曾经一度就是你想要的；所有的错过，都没有重来的机会，别再畏首畏尾，别让命运处处皆是遗憾。

没有什么是忘不了的，总会在以后的时间忘了他。先忘记他的样子，他的声音，再忘记他说过的话，做过的事。也许现在还不行，但以后一定可以。

爱情不必考虑结束，讨论归属，只要你认认真真地爱过，努力地付出过，这就够了，有时最重要的不是在一起，而是有一个给你留下过美好记忆的过去。过去的过去，未来的可期，而现在则一定要珍惜。

其实，每一段真挚关系的发展与毁灭，都是由不得任何控制的。一个人的出现和离去，不会因为你在哪个路口说没说那句话就能够改变。你权衡把控的，只会是节奏，不会是结局。

命运就是，无论怎么重来，你们依然会义无反顾地相爱和分开，你要学会接受和感谢这种安排。

爱那么短，遗忘那么长

只需一分钟就可以遇见一个人，一小时就喜欢上一个人，一天就爱上一个人，但却需要花尽一生的时间去忘掉一个人。

男人思念一个人，是在酒后半醉的时候；女人思念一个人，是在深夜失眠的时候。

所以，当一个女人深夜跟你说话，你千万不要对她冷漠；一个男人酒后给你打电话说想你，千万不要以为是醉话。

有些人，你以为可以再见面的，有些事，你以为可以一直继续的。然而，当太阳落下又升起来的时候，一切都变了。

离开永远比相遇更容易，因为相遇是两个人的缘分，而离开只是两个人的结局。

爱那么短，遗忘却那么长。

我们都经历过爱与被爱，这并没什么，只是记忆偶尔会失眠，浮现曾经熟悉的那张脸。

每个人都不同。会以各种各样的方式与时光交往。时间会腐蚀过去的那些事。时间也常让人们困在记忆的牢笼里无法自拔。

是谁，种下了一枚思念，在这个寂寞的夜里疯长？是谁，惹恼了月光，把影子拉得很长很长？

如果说，相遇只是青春的一场盛宴，那么我爱的你，便是散场后隔山隔水的念想。

因为你还爱着他，所以你会追随着他离去的背影，追逐那纵情欢笑饮泣的流年经往，追寻一去不复返的明媚时光，沿着红线的绕结，跨过浩浩的时光。

其实爱着的，爱过的，都不会忘记。

每个人都曾在爱里奋不顾身，撞了南墙也不回头。明明知道付出没有结果，明明知道挽留也无济于事。但人总是会选择最容易的方式过活，而爱比忘记明显容易太多。

拥有之后再忘记就是比登天还难的事了，这些活生生出现在生命里的节奏突然消失，生命的乐谱会被硬生生地打乱。

即使飞蛾扑火的一段感情只能以灰飞烟灭结束。但是至少曾经付出的排山倒海而来的感情不会忘记，拉着手走过的路不会忘记，看过的星星不会忘记，寒冬里的拥抱不会忘记。而每当你回忆过往的时候，会记得有个人曾那么热烈地爱过。

爱过，便不会遗忘，愿你依然保持着最初的模样，愿你依然敢爱，如命中注定。

时光不会打上蝴蝶结，但它仍然是一份礼物

不是所有的人都能知道时光的含义，不是所有的人都懂得珍惜。这世间并没有分离与衰老的命运，只有肯爱与不肯爱的心。

在我们视野里消失了的人会有千万个，只有在心底消失了的人，才会时常牵动起你的一份疼。从我们面前走过的人太多，不一定都能记住，但是打动过我们心的人，一定会被牢牢地铭记。

在没有遇到你之前，我的快乐和忧伤都很简单；认识你之后，那快乐和忧伤，莫名地蒙上了一层深刻的含义。那是一种只有爱过的人，才能够懂得的一份含义，也是一份永远值得遐想，永远值得回味的含义。

在爱情的列车上，总有一个人提着行李先下车，被剩下的那个人，将独自走完旅程。

人与人之间，就是一次遇见和一次别离。有些人，遇见和别离只有一刹那。有些人，遇见和别离却有一生那么长。幸好，曾经的我爱过年少的你。

有时候，爱是坚韧的东西，可是有时候，它只是一池碧水，一榭春花，一陌杨柳，一窗月光，天明了，就要干涸、萎谢、褪色、消失，短暂到不能用手指写完等待。

有人明明想留，你却怕他不留；有人明明要走，你却担心他走，这是分手前，必须演全的戏码。一旦真正放手，一切已成定局，捋顺了百转柔肠，不说恩怨，不问长短，只能慢慢学着去释然。

山还是棱角分明，江水汹涌，四季分明，岁月静好，天地依旧，却还是与君相决绝了。

你走了真好，不然总担心你要走。

在今后的日子，你又遇上了别的人。可是那孩子气的温柔，让人疼惜的表情，不正是曾经的那个人吗？其实啊，我们永远喜欢的都是一类人，却又为了什么和当初的那个人离别？很多时候爱不过是输给了时间、距离和欲望。蓦然回首，灯火阑珊处却早已空无一人，我们也只能在回忆里众里寻他千百度。

天长地久，相见无期。也许，每一个人在另一个人的生命里，都有不同的使命。使命实现了，功德圆满，却也难逃分手的命运，成为彼此生命里的一个过客，但却被深深影响了一辈子，这算是曾经拥有，还是天长地久？

那个消失在人海的人，教会你，爱是会流动的风；那些约好一起老的人，教会你，爱是原地深情的磐石；那些你爱听的歌，翻唱起来却总要跑调；那些零度风景饮的冰，回想起来变成雪扑进眼睛。爱开玩笑的捉迷藏，睁眼看就走散了故人。那些你以为痛起来会死掉的伤，时光终于替你一一抚平。

或许对于爱情，每个人都会有一段异常艰难的日子，爱得惶惶不可终日。挺过来的，人生就会豁然开朗；挺不过来的，时间也会教会你怎么与它们握手言和，所以不必害怕。

或许，我们终不能把所有的风景都尽收眼底，不能让所有的人都在生命中永远地驻留。但生活，让我们学会了含着泪水边走边忘。曾经再美，也会风干成久远的回忆，学会放弃、学会遗忘，如此年华才会静好，岁月才会无恙。

对于爱情如何感知、怎么抉择，全在心怀，时光不是无情物，总会证实一些真谛给人看。成熟不是年华老去，而是面对事物时可以保持清醒立场。时光教会你的，是不再琐碎较量、不再患得患失，从容而豁达。

从此，不再轻言为了谁付出和牺牲，因为时光教会你懂得，所有的付出和牺牲最终的受益人都是你自己。它不会打上蝴蝶结，但它仍然是一份礼物，就看你配不配得到。

我怀念我们刚开始的时候

思念太猖狂，一个冷不防，就想到了你，于是，这忙忙碌碌的生活，立刻变得空空荡荡。

与你无缘的人，你与他说再多也是枉然。与你有缘的人，你的存在就能惊醒他所有的感觉。

一份好的感情或友谊，不是追逐，而是相吸；不是纠缠，而是随意；不是游戏，而是珍惜。

爱就像拔河，一个人放掉，另一个人就会受伤。火车的一头是永远的牵挂，另一头则是永远的向往。

你曾以为，安全感是他秒回的信息，他问候的早安、晚安，他的每一个承诺，过马路紧握的手，温暖好脾气的话语。后来你才发现，安全感是清晨明媚的阳光，繁华路口人行道的绿灯，出门时口袋里的钱包和钥匙，手机里显示的满格电。

因为你知道，把那点安全感寄托于他人身上，难免会令人疼到失望。

其实，好的爱情是精神独立的两个人，常常去对方的精神世界做客，对方也欢迎，但绝不恃宠而骄，喧宾夺主。

好的爱情，是说不说我爱你，对方都并不介意。因为平日里的每个眼神，每抹微笑，每处关怀，都已经说过了。

好的爱情，是选择一种生活并坚持下去，途中遇到问题，愿意在自己身上找原因，而对方也是；是吵架吵到一半，脑袋一蒙，突然就想扑上去接吻；是对方不在时，想念到失了魂，嘴上却一笑而过，不是装云淡风轻，而是怕给对方压力，让对方愧疚。

好的爱情，是势均力敌。是你吃我一套，我也吃你一套；是在一起那么多年，却还想在一起更多年；是在一起很久之后，还能从对方身上发现新优点。

好的爱情，是允许对方做自己，而自己却渴望成为更好的人。

在最爱的人面前，你看起来会像个孩子。每个人内心都有个永不长大的孩子，那是本真的天性。所谓的成长与成熟，只是把“童真”锁进了笼子。只有最爱的人，才能把那“孩子”解放出来。爱是直达内心的时光机，带你回归人性最纯真的状态。但凡油滑世故的，只因爱得不够。

只有等到物是人非之后，人才会懂得怀念。总是在你最不懂事的时候，错过最真的东西。于是后来的你，总会怀念最初的那个自己。

小的时候，容易把好感当喜欢，把喜欢当爱，把暂时当一辈子，这叫天真。长大以后，容易把喜欢当好感，把爱当喜欢，把一辈子当暂时，这叫错过。

但你要明白，不是每个人，都适合和你白头到老。有的人，是拿来成长的；有的人，是拿来一起生活的；有的人，是拿来一辈子怀念的。

爱情没有什么是最好的结局，婚姻不是，离别也不是。爱情在开始就达到了最好，之后怎么走都是下坡路。切实的拥有、陪伴和相知相惜，都比不过开始的迷恋、欲望和疯狂想念。

不要觉得不了解也会有爱情。在不了解的时候，我们仅仅是喜欢，达不到爱情。当彼此的缺点暴露出来以后，很多时候这喜欢也就会结束了。爱是宽容，爱着彼此的一切。爱上不了解的人，或许，你爱的只是他的新奇罢了。

所以，你怀念你们刚开始的时候，准许对方进入彼此的生命，一切都是未知，却有无限可能。像精心整理了房间，久违的客人敲了门。

可你还是要心存美好地生活下去。过去的不再回来，回来的不再完美。生活有进退，输什么也不能输心情。对于过去，不可忘记，但要放下。

对于那些慢慢淡出你生活中的人，你要学会接受而不是念念不忘，耿耿于怀。

最后能给的疼爱，就是把手放开

上了心的人，才会在心上；动了情的人，才会用深情。心其实很小很小，装一份爱足够；时间其实很少很少，陪一个人就好。

有些人，你放走了、错过了，就再也没有机会得到。有时候是不敢，更多时候是不敢想。他活在回不去的过去，活在到不了的将来，却消失在无能为力的现在。

很想说服自己，用另一个人来代替，却发现只是自己骗自己而已，一个背影、一句话、一个地方、一首歌，就能让所有的隐忍变得毫无张力。

爱情里没有真正的傻瓜，只有心甘情愿做傻瓜的人。忘不掉的没忘了，该记得的还记得。走走停停、兜兜转转，却发现把心留在了原地。那个人，你始终拿不起，却也放不下。

他是你的想念，是你的温暖。深埋于心底，是说不出的秘密。小心翼翼的珍藏，是永远不会消逝的迷离。找不到理由忘记，因为情不自禁；找不到借口放弃，因为刻骨铭心。难以割舍怕无从再寻觅，丝丝缕缕的往昔，是挥之不去的眷恋与温馨。依然想起，因为付出的真情已经融入生命。

对某人你可以生生不见，却总会心心念念；对某情那是你戒不掉的烟，终成了有毒的恋。人都是感性动物，无法真正忘掉打动过你内心的人。难以忘记，算不算执迷不悟？无法割舍，算不算刻骨铭心？入了心，才最难忘；动了情，才最难放。

一些情感，站在理智的河畔，只能压抑着那些生长的情愫。不是不爱，而是无能为力；不是无从选择，而是别无选择。很多时候的刻意离开，不是想疏远，更不是讨厌，而是因为太喜欢。

爱情总是很难解读，因为这个关乎心灵，关乎每一个人的个性。有的人只能爱到一杯水那么深，有的人却是可以爱到像海底那么深邃。不同的人在爱情之中会有不同的表现，不同的人能够为爱情做到的又各有不同。

能轻易放下的感情，不一定是因为不够深，可能因为还不够真；但始终放不下的感情，却一定是因为爱得很深，深不可测。

水一旦流深了，就会发不出声音；人的感情一旦深厚了，也就会显得淡薄。不要说某个人怎样薄情，他可能是深情，只对一个人深情。

在感情的世界里，不放手的是一种爱，会心甘情愿地做着一切；放手的也有一种爱，会忍着疼痛去成全一切。

用一秒钟转身离开，然后用一辈子去忘怀，那忍痛舍弃的情怀，其实你的心一直在爱。看似无声无息，实则撕心裂肺，并非爱的清浅，挂念时刻千回百转。

对于感情，有些人真的是无可奈何地离开，也许能给的最后疼爱，就是把手放开。

有些人只适合去回忆，不能再去见面了，甚至遥远的问候都不能了。有些情只适合藏匿，不敢再去留恋了，甚至悄悄的想念都如履薄冰了。想念却不能相见，留恋却不能相伴。

不是不想，是不能。想和不想，在于你；能与不能，由不得你。不是不念，是不打扰。念与不念，我都在这里；恋与不恋，你还在那里。深爱着，却不能拥有；咀嚼着，却没有尽头。

曾经的点滴，是通往寂寞的牢，又是寂寞的解药；往昔的欢笑，是生命中最美的桥，再老也不舍得拆掉。也许不再靠近，是最好的距离；也许静静地思念，对谁都比较好。

分别不是终点，彼此铭记就已足够，人生的有些时候，一场邂逅，其实就足够美丽。

时间不会回头，爱情岂能如果

故事写在纸上总有一个结局，故事写在心里是无人知道的结局。只是，并不是所有的疼痛，都可以呐喊。

你一直觉得妥协一些、将就一些、容忍一些可以得到幸福。但当你的底线放得更低，你得到的就是更低的那个结果，不是吗？

缘分是本书，翻得不经意会错过，读得太认真会流泪。女人会记得让她笑的男人，男人会记得让他哭的女人。可是女人总是留在让她哭的男人身边，男人却留在让他笑的女人身边。

这个世界上最残忍的一句话，不是“对不起”，也不是“我恨你”，而是“我们再也回不去了”。就是这样再简单不过的一句话，生生地将两个原本亲密的人隔为疏离。

爱情里最忌讳的是，两人都幻想着彼此的未来，却也总惦记着对方的过去。明明说着看开了、放下了，每次却总是不自觉地想起那个给予彼此温暖的人。

每每又总是在微笑沉醉时看到了现实，想到了伤痛，然后，冷的感觉再也暖和不起来了。如此反复，心，终于累了。

现实就是这样。你曾经醉过，却又最终醒来，你正在行走，却找不到方向。

你想给他幸福，却走不进他的世界。你想用你的全世界来换取一张通往他的世界的入场券，可那只不过是你的一厢情愿而已。

你的世界，他不在乎；他的世界，你被驱逐。

憎恨某人，优点被看成伪装；喜欢某人，缺点也变得美好。热恋时对待爱情，可以什么都不在乎。只要他要，只要你有，你都会付出，因为你爱他，所以你愿意。

一旦感情平复了下来，心中就会出现接连不断的计较，为什么我付出的比你多？为什么我什么都可以给你？同样的一件事情，你可以去安慰别人，却说服不了自己。也许你们在适当的时间相遇，就不会那么轻易地放弃，任性地转身，放走了爱情。但时间不会回头，爱情岂能如果？

有时候，你等的不是事情、机会，或是谁，你等的是时间。等时间让自己忘记，等时间让自己改变。

有时候，面对着身边的人，突然觉得说不出话。有时候，曾经一直坚持的东西一夜间面目全非。有时候，想放纵自己，希望自己痛痛快快歇斯底里地发一次疯。

有时候，别人突然对你说“我觉得你变了”，然后自己开始百感交集。有时候，觉得自己拥有着整个世界，一瞬间却又觉得自己其实一无所有。

有些人不能在一起，可他们的心在一起；有些人表面上在一起，心却没在一起；有些人从没想过要在一起，却自然而然地在一起；有些人千辛万苦地终于在一起了，却发现他们并不适合在一起。

请记住，没有在一起的，就是不对的人。对的人，你是不会失去他的。

但凡能重逢的，都是因为舍不得

几乎所有的失去，都是从害怕失去开始的；几乎所有的得到，都是从失去开始的。

最初以为只是路人，没想到变成亲爱的；曾经以为是最亲爱的，最后原来也只是路人。这样的情况不断地发生。人总要慢慢成熟，才能将浮华看清楚，看穿伪装的真实，看清隐匿的虚假。

不好的爱情让人变成疯子，好的爱情让人变成傻子，最好的爱情让人变成孩子。感情有时是件降低智商的事，却让多少人傻傻地乐此不疲。别以为这是坏事，越简单的才越长久。

真正好的爱情，就是“不费力”。不需要刻意讨好、努力经营，两个人相处是顺其自然的舒服。如果一段情、一个人，让你耗费巨大精力来取悦，这已注定不是能陪你到最后的缘分了。爱你的人，不会舍得你如此辛苦。

在爱情里，最在乎的一方，最后往往是输得最惨的。因为那个人藏不住秘密，也藏不住忧伤，藏不住爱时的喜悦，也藏不住分离时的彷徨。

有些事，明知是错的，也要去坚持，因为不甘心；有些人，明知是爱的，也要去放弃，因为没结局；有时候，明知没路了，却还在前行，因为习惯了。

那么一个人，你无数次地说要放弃，但终究还是舍不得。你就是在这无数次的要放弃中蜕变成熟。也许，当你能坦然地接受事实并真正放手的时候，你才能真正成熟。

每个人都要经历这种蜕变，才能长大。

同一句话，有人说你哈哈一笑，有人说你却很介意；同样的离开，对有些人你只会当路过，对另外一些人的离开你却痛不欲生。因为，没走进你的世界，他不过是个路人。而他走进了你的世界，便是你最重要的一个人。

所以，一句话伤人与否，并不看说什么，而是看重视与否。有时候伤害，只是因为爱。

原来，爱就是纠结。分了舍不得、放不下，不分又太委屈、太心酸，爱而不得，才最伤。

所以，在犹豫要不要放弃时，就别放弃，因为你要是真的不想再坚持就不会犹豫，犹豫就是舍不得。

有时说好要相忘于江湖，却又总在路途转弯处重逢。那是因为，当两人内心方向一致时，怎么走，都是同路。

人生并非有缘自会再见，而是有爱才会重逢。两个失去了感情的人，即便日日同城，也难再见。心怀挚爱的，才走不向陌路。人间万般情，但凡能重逢的，都是因为舍不得。

人生何处不相逢，只怕相逢太匆匆

天在将黑未黑时最美，爱在将爱未爱时最迷人。

人来人往的红尘，每天擦肩无数，你曾经为谁停下过脚步，谁又曾为你敞开过心扉？

明月有情，大海无心，擦肩错过之后，路归路，桥归桥，有情的人，留下一生的记忆，无心的人，是一场风轻云淡的遗忘。

爱，是一种慢性的毒，一种伤人的苦，可以淡看风云，却无法放下爱恨，多情回眸为君笑， 空让相思乱心扉，多少相逢在梦中，只是太匆匆。

如今，他爱与不爱，你都付出了情怀，他来与不来，你都在等待，那一场意外的相遇，竟乱了你整个人生的布局。

人这一辈子，只有一次青春年少的时光。错过了，也就没了。

有些东西，年轻时寻不得，年纪大了，就更没有机会得到了；有些人，遇见时不珍惜，等到想珍惜时，也许已经不在了。

以后，你会爱上别人，你也会错过一些人。也许在未来的某一天，你会无端想起某个人：他曾让你对明天有所期许，但他却从未在你的明天里出现过。

花开有时，花落有时，阴晴有时，圆缺有时，聚散有时。这世上，有很多事情是你无法预测的。既然你现世安稳，为何就不能放慢步调，一步一步地把爱情的路走得完整？

就像歌里唱的一样：“相逢不晚，为何匆匆？”

你说过，你就做他的手，在他的胸前画个圆，圈出个我爱你。

你说过，你就做他的脚，越你们间的天堑，踏歌而行，依偎在他的身旁。

你说过，你就做他的眼睛，看桃红、看柳绿，赏冬雨凝固、夏雪飞扬。

你说过，你就做他的最爱，不怕离经叛道，不怕揪心痛和满怀殇。

你不能再用相同的心情去面对同一件事情。正如年少时，你希望时间可以快一点，再快一点，好像只有长大了才能去做很多觉得有趣或者向往的事情。那是年少无知急切的奔跑，更别说知道代价在哪里。

现在希望时间慢一点，再慢一点，时间停下来才好，很多人和事也只想留在最明朗最自然的时光里，不愿承担任何分崩离析。然而重新来过是不可能的，故事重写也孑然。

你带着心事，承载太多不愿意背负的，不再对着谁都嬉笑怒骂，过去的时光，真的再见了。

是的，时光并没有匆匆而过，它是静止的，匆匆而过的是我们的年华。人生几何，每个人都在奔赴，在别离，只可惜未对时光里的人交待好——在哪里再重逢，只盼下次擦肩而过时，能一情定余生。

世界太大还是遇见你，
世界太小还是丢了你

爱情就像是夏天夜晚的雷雨，来无太多征兆。风雨欲来暴烈而强盛。短暂到次日早晨也只会觉得空气清新，甚至不知道它曾来过。如此电闪雷鸣，却也只是睡去的人脑海中一个有点吵闹的梦。

你看，你们这样突然出现在对方的生命中，然而会不会以同样突然的方式消失，你们也许早就相遇，也许就是对方的百分百正确人选，可是结尾依然是一个令人感伤的故事。

纽扣第一颗就扣错了，可你扣到最后一颗才发现。有些事一开始就是错的，可只有到最后才不得不承认。

你们在错误的时间相遇，在正确的时间却又分开。在有生的瞬间能遇到他，竟花光了你所有的好运气。

始终相信，万物的生长，都有其特定的含义，无论是繁华还是落寂，不必惊喜，亦无须扼腕叹息。正如茫茫人海里

的缘来缘去，冥冥之中，自有天意。倘若，你稍不留神，丢失了那一朵花儿的情意，那些曾经热烈的渴望，依旧还弥留在你的心里，久久难以忘记。

有人说：一生只谈三次恋爱最好，一次懵懂，一次刻骨，一次一生。如果三次都是同一个人，那就是最完美的爱情。

生命中遇见他，你是幸运的，谁都预料不到结局怎样，也看不清未来的方向，但你却觉得，因为有了他，你的内心世界一直下着流星雨，绚丽而壮美。

曾经拥有的，不要忘记。不能得到的，更要珍惜。属于自己的，不要放弃。已经失去的，留作回忆。

有时候，没有下一次，没有机会重来，没有暂停继续。有时候，错过了现在，就永远永远没机会了。有的时候，你必须停止忧虑、不安和怀疑，相信事情一定会成功。

最好的，不一定是最合适的；最合适的，才是真正最好的。有心能知，有情能爱，有缘能聚，有梦能圆。年轻的情怀，喜欢一个人、爱一朵花，其实并没有错。在你长大的过程中，只要爱过、喜欢过就是美丽的。

当你爱一个人的时候，爱到八分绝对刚刚好。所有的期待和希望都只有七八分，剩下两三分用来爱自己。如果你还继续爱得更多，很可能会给对方带来沉重的压力，让彼此喘不过气来，完全丧失了爱情的乐趣。

所以请记住，喝酒不要超过六分醉，吃饭不要超过七分饱，爱一个人不要超过八分。

在一起的时间，走过的旅程，住过的城市，消磨的时光，那些陪你一起傻过的人，就是所谓的青春。世界太大还是能遇见他，世界太小却也能丢了他。

落泪后你还要学会坚定地转身，从此变得聪明，之前那个你和现在的你之间的距离，被许多细小琐碎的事填充着，这些，都是他给你的回忆吧。

你给的一切，我笑纳

必须要让自己更加强大一点，强大到足够成为自己的依靠，去接受那些失去的爱，从未得到的爱，以及期待着却未曾满足过的爱。

人最软弱的地方，是舍不得。舍不得一段不再精彩的感情，舍不得一份虚荣，舍不得掌声。

你以为最好的日子是会很长很长的，不必那么快离开。就在你心软和缺乏勇气的时候，最好的日子毫不留情地逝去了。

如果有一天，他从你的世界消失了，你会不会在街上走着走着突然想到他，站着愣神好久；你会不会在最快乐时想起他，想让他和你一起分享你的快乐；你会不会在半夜突然醒来，一夜无眠。

如果有一天，他从你的世界消失了，你会不会觉得其实你是想他的，其实你也很在乎他；你会不会痛哭流涕，就像迷失了自己；你会不会紧跟着与他相似的背影，只为确认那是不是他。

如果有一天，他从你的世界消失了，你会不会走遍你们曾一起去过的每一个角落，静静地回想属于你们的记忆？你会不会像电视里演的那样，记着他一辈子？

生命里有许多缺憾，习惯用数不清、摸不着、看不透的爱恨痴怨做装点，春去秋来，最终变成躲在山水外的历史。一生中料定有一次最长的心痛，掩盖那些或明或暗的情景。当心被撕裂开的那一刻，注定很痛，但痛过之后，成熟的心将更强韧。

不论对错，你都会笑着接受他给予的所有。

幸福是努力走过的道路，路上遇到的爱与感动，路上遇到的风雨、挫折、痛苦一起构成了这条路。也是因为有了它们，我们才明白了幸福的真谛。

当你一个人的时候，别想两个人的事，把回忆丢在一旁；当你一个人的时候，只想高兴的事，把忧伤抛在脑后；当你一个人的时候，学会一个人的浪漫，释放你的情感，敞开你的心灵。

其实一个人的时候，心在隐隐作痛，泪在蠢蠢欲动。幸福的时刻，一半是和他在一起，一半是在梦里。痛苦的时刻，一半是分离，一半是默默地想着他。

你们再也回不去了，你们不可能再有一个童年，不可能再有一个初恋，不可能再有从前的快乐、幸福、悲伤、痛苦。昨天，前一秒，通通都不可能再回去。生命原来是一场无法回放的绝版电影！

人生只售单程票，过去的就过去了，更重要的是走好后面的路。一个今天抵得上两个明天。撕一张日历，很简单，把握住一天，却不容易。

因为舍不得，
所以想念也值得

爱情来的时候很饿，轻飘飘的没有脚步声。走的时候很饱，留下一串串的脚印。

有人说，爱情就像车祸，有时候真的是没什么道理，赶上了就赶上了，不可逆，伤得有多严重，随机。

有人说，爱情总要等到过了很久，总要等退无可退，才知道我们曾亲手舍弃的东西，在后来的日子里，再也遇不到了。

我们都这样离散在岁月的风里，回过头去，却看不到曾经在一起的痕迹，尽管，曾经那么用力的在一起过。

总以为，在最初的地方，有一个最原来的我，就会有一个最原来的你。转弯只为遇见你，却忘记了，你也会转弯。

从恋爱到别离，一直都没有做过太久远的规划，只想珍惜当下，走一步是一步，却还是没能留住你。很想联系你，却少了一个身份，想到这里，便语塞了。

这世上有成千上万种爱，但从没有一种爱可以重来。我们明明不是陌生人，却装得比陌生人还陌生。

山水相逢的是一段往事，蝶恋春天的是一种情怀，而我们相遇的，是一个故事。有些人在我们的生命里，不期而遇，又在寂静的时光里，渐行渐远，有些人一旦入心，便再也不会忘记。

只是时光易老，你却不忘来路，不改初心。

有时候，世界很奇怪，让人遇见，让人离开。分分钟上演着遇见、交往、撕裂、分离。每一场戏码都会让人感到厌倦，却又乐此不疲地继续着。

有些人，之所以陌生，是不熟悉，是无话可说。可悲的是，我们却成为了最熟悉的陌生人。

该以什么样的身份，再次走进彼此遥远的视野，该用什么样的口吻，再来融入彼此变化的世界。我怕一开口，就是客气的言词太多，我缺失了有你的生活，你忽略了想我的感受；我怕一见面，就被尴尬的气氛包裹，曾经最熟悉的你我，现在最陌生的过客。

有一种想念，是不能轻易说出的心痛，但每想一次却又觉得幸福在心。这种想念，不会随着时光的流逝而消失变淡，却随着时光的雕刻而刻骨铭心。思念，永无期限；等待，山高水长。

有一种人，会成为你生命的过客，来过一次便不再出现；有一种人，会变成你生命的驿站，累的时候可以停歇，但只能陪你一程。

别忘了你的世界，我曾默默走过；记得我的真情，你也曾拥有过。

多年以后，只愿你过着幸福的生活；如果有了新朋友，只想你在乎的再不错过。

我会一直把你记得，因为忘不了。所以回忆是常客，因为舍不得，所以想念也值得。

无论爱与不爱，下辈子都不会再相见

似乎我们总是很容易忽略当下的生活，忽略许多美好的时光。而当所有的时光在被辜负、被浪费以后，才能从记忆里将某一段拎出，拍拍上面沉积的灰尘，感叹它是最好的。

喜欢一个人常常内心风起云涌，表面仍波澜不惊。可是，不经意间却默默地变成了他的样子，看他爱看的电影，读他喜欢的书，变成他的风格，情愫生起的时候，眼神清澈到能看见内心的火热。

可你，还要浪费时光吗？直到你的背后长出了荒芜。

如果现在你还在回忆他的味道，期待在转角处碰到他，那么当初为什么没有紧紧握住？

你说，那时年少轻狂，你们并不合适；你说，那时觉得他的心不在你这儿；你说，那时你意气用事，觉得分手就分手，反正总会找到更好的；你说，如果当初他不那样就好了，你不那样就好了……

所以呢，现在你是后悔了吗？是想挽回吗？

假如让你回到过去，让你们重归于好，你是会立即点头说愿意，珍惜这份来之不易的失而复得，还是要考虑良久，纠结不已，又是一副拿不起、放不下的样子呢？再或者使劲摇摇头，来一句相见不如怀念呢？

能这样被你想起的人，一定当时给了你最多的记忆，无论是美好还是伤害，无论是爱还是被爱，毕竟人都是念旧的。

也许你们都很好，但也许时间不对，也许你们有过很多误会，但不管怎样，如果在你的一生中，有这样一个值得你如此怀念的人，你都应该感到幸福。毕竟他曾填补了你的一段青葱时光，陪伴你哭过、笑过、闹过、成长过。

人们是一样的，都是一直在寻找，磕磕绊绊、跌跌撞撞，笑过、哭过。有时候不小心跌倒了，就站起来继续走；有时候走错了路，认真想一想，也还走得回来。最后，人们都会找得到终点，拨云见日、云卷云舒。

相爱很容易，相守却很难。爱情很脆弱，任何一个人松手，结果都会分道扬镳。

爱情不是一阵子，有责任的爱情，是一辈子的。所以，两个人若要白头偕老，就需都爱对方，都愿意为对方牺牲，一起用力维持。

有时候走着走着，自己就变了，有时候也许谁都没有变，但距离就是越来越远。在爱的世界里，没有谁对不起谁，只有谁不懂得珍惜谁。

所以，我们无论是对待亲人还是爱人，都要好好去珍惜一起共度的时光，因为，无论爱与不爱，下辈子都不会再相见。

躲在某一时间，想念一段时光的掌纹；

躲在某一地点，想念一个站在来路也站在去路的，让我牵挂的人。

第三辑

止于唇齿，掩于岁月

不管你们相爱的时间有多长或多短，若你们能始终温柔地相待，那么，所有的时刻都将是一种无瑕的美丽。

若不得不分离，也要好好地说声再见，也要在心里存着感谢，感谢他给了你一份记忆。

长大了以后，你才会知道，在蓦然回首的刹那，没有怨恨的青春才会了无遗憾，如山冈上那轮静静的满月。

止于唇齿，掩于岁月

如此情深，却难以启齿。原来你若真爱一个人，内心酸涩，反而会说不出话来，甜言蜜语，多数是说给不相干的人听的。

有时候，你选择与某人保持距离，不是因为不在乎，而是因为你清楚地知道，他不属于你。

人生遇到的每个人，出场顺序真的很重要，很多人如果换一个时间认识，就会有不同的结局。

有些人一直没机会见，等有机会见了，却又犹豫了，相见不如不见。有些事一别竟是一辈子，一直没机会做，等有机会了，却不再想做了。

有些话埋藏在心中好久，没机会说，等有机会说的时候，却说不出口了。有些爱一直没机会爱，等有机会了，已经不爱了。

有些人是有很多机会相见的，却总找借口推脱，想见的时候已经没机会了。有些事是有很多机会去做的，却一天一天推迟，想做的时候却发现没机会了。

有些爱给了你很多机会，你却不在意、不在乎，想重视的时候已经没机会爱了。人生有时候，总是很讽刺。一转身可能就是一世。

张爱玲说："说好永远的，不知怎么就散了。最后自己想来想去，竟然也搞不清楚当初是什么原因把彼此分开的。然后，你忽然醒悟，感情原来是这么脆弱。经得起风雨，却经不起平凡，风雨同船，晴天便各自散了。"

也许只是赌气，也许只是因为小小的事。幻想着和好的甜蜜，或重逢时的拥抱，那个时候会边流泪边捶打对方，还傻笑着。该是多美的画面。

没想到的是，一别即一生。

有的人很好，你很想爱上他，但就是做不到。有的人没那么好，可你就是没法不爱他。人生没有地图，我们一路走，一路被辜负，一路点燃希望，一路寻找答案。

你不可能一辈子只会遇见这一个人，遇见了，就好好珍惜。如果错过了，就换个方向，好好过，说不定命运正为你重新洗牌。

发现自己爱过人，用尽力气爱过人，只是爱得太过用力，最后伤了自己。于是，收回所有的曾经，然后微笑着从容上路。即使不知道下一程谁会陪着走，但是依然尊重自己的内心，即使一个人独自行走也会让自己微笑着。

总有那么一天，有一个人，会走进你的生活，让你明白，为什么你和其他人都没有结果。伤痛使你更坚强，眼泪使你更勇敢，心碎使你更明智。所以，感谢过去吧，它会带给你一个更好的未来。

生命中总会有无数个擦肩而过，不是每个相遇都能凝结成相守，不是每个相邀都能转化成相知，有些爱，只能止于唇齿，掩于岁月。

一辈子那么长，生活中变数那么多，有时你以为会永远陪你走下去的那个人，居然只能陪你一段路。幸好我们总会保有一点对于永远的奢望，不至于错过下一次爱情来临的时刻。

在你生命里出现的人，都是有原因的

每个人都有一个一直守护他的天使。它们安静地出现在你的生命中，陪你度过一小段快乐的阳光，然后不动声色地离开。

生命中出现的人可以分成三种。

陪你去看星星的人。他们会和你一起憧憬美好的未来，在你最为美丽的年华。只是，前程多舛，这种誓言不知不觉就随时间烟消云散了。

为你去摘星星的人。他们无怨无悔地付出，不求回报。他们会在你最艰难的时候出现，披荆斩棘，让你明白什么是生活中的坚强。只是，当我们成长的时候，便是他们离去的时候。因为，他们也有自己追寻的幸福，以至于匆匆的脚步无法停留。

带你去摘星星的人。如果有这样的人，那么这一世的最大因果便是如此了，他们会陪在你身边，不离不弃。无论失败还是成功，无论喜悦还是痛苦，都与你共同体会。

你常常会遇见这三种人，每一次的相识和分别都是一次体验，年华的流转便是这样，消逝渐灭着。

每一个在你生命里出现的人，都是有原因的，都有着价值和意义。喜欢你的人给了你温暖和勇气。你喜欢的人让你学会了爱和自持。你不喜欢的人教会你宽容与尊重。不喜欢你的人，让你自省与成长。

因为看轻，所以快乐；因为看淡，所以幸福。

没有人是偶然进入你的生命的，之前所有的错失与遗憾，都只是为了遇到最终那个对的人。当你受过了青春的伤、尝过了生活的苦，这时遇见的人，才真的有可能相伴一生。在你最无助时出现的那个人，才是上天派来爱你的天使。

我们也都是天地的过客，很多人和事，我们都做不了主。譬如离去的时间，譬如走散的人。

有的人曾经非常相爱，却会被岁月这只无形的手，慢慢剥离掉爱的光环，也让当初的誓言，落成一地晶莹的玻璃碎片。即使这样，爱情也是要在时间中漂洗的，要么沉淀成一张发黄的照片，要么就在我们朴实的生命中怒放。同样，有的人或许曾经陌生，最后却变成一生的挚爱。

每一个人的出现，都是生活的精心安排，你只管享受当下就好。

两个可能彼此相爱、喜欢的人，却无法成为真正的恋人，只能做特别的朋友。其中的原因，也许是为顾及家人意见，也许是为了自己的前程，也许是相遇太晚，彼此身边已经有了另一个人。

不过即使没在一起，彼此仍能找到踏实的感觉，仍然保持不隶属任何一种感情的关系。但是彼此心底清楚，对这个人，即使不能名正言顺地牵着手逛街，你也会比朋友和家人还多了一份关心。

是的，每个人这辈子，心中都有过这么一个特别的朋友。一开始可能不甘心只做朋友，但久了，突然发现这样最好。这是因为你所热爱的不一定拥有，你所向往的不一定抵达，你所坚定的不一定持续。经过与快乐的谈判，与纠结的和解，适合你的选择，才是归宿。

当你和他互相陪伴走了一段路，你才明白，只有知根知底、聊得来的人，才能走到身边，才能聚到一起。有人来，自然就有人走，留下的都是看到你的全部、依然愿意留在你身边的人。

“心”字三个点，没有一个点不在往外蹦，你越想抓牢的，往往是离开你最快的。一切随缘，缘深多聚聚，缘浅随它去。

幸福，就是在一起。一个人不管有多好，首先他是你的，才有意义。爱情到最后，就是看谁最后能留在你身边。所以，最好的那一个，不是来自星星，而是来自身边。

所谓一辈子，就是死心塌地地陪着你。最好的爱情，没有天荒，也没有地老，只是想在一起，仅此而已。

人生，看轻看淡多少，痛苦就离开你多少。惜缘，也可以放手。不回头感慨嗟叹，只把经历中所得的智慧放于心间。走在要去的方向，尊重走过的路，就是了。

时间不是药，药在时间里

如果时光也有距离，那么我愿意把它分为十米。一米相遇，两米相识，三米相思，四米相知，五米相恋，六米相依，七米相守，八米相离，九米相望，最后一米，用来相忘。

各自有了自己的生活，不再把对方当作生活的圈子了，最后从无话不聊变成了无话可聊。你是不是也有过同样的情路历程?

在那段幼稚、肤浅的时光里，你曾经交出过自己的真心，坦诚地对待别人。但是，不可否认，你终于还是一步步地走出了他的生活。仿佛只发生在一夜之间，可又似乎暗中进行了好久，久到你都不曾正视那些变化。

回想以前，再对比现在，你惦念着那些光华交错的年华。后来你遇到过很多人，告别过很多人，还曾经爱上过那么几个人，弄丢过那么几个人。

有些人，现在还会时常联系，就算不在身边，心也不曾走远。有些人，虽然常常见面，关系却渐渐生疏了。

后来的你，对那些愿意在你生命中停下脚步的每一个人，有一千一万个珍惜。对于那些曾经来过你的世界，又不得不离开的每一个人，你有一千一万个感激。

因为，时间教会了你，让你用最快的速度学着成长。而你也相信，那些在生命中出现过的人和事，即使曾让自己悲伤、难过，或是一蹶不振，却也是时间送来的最好的礼物。正是因为和他们的相遇或别离，你现在才能走到这里，你才能变成现在的自己。

在以后的日子里，你还要一个人走很长很长的路，忍受很多很多的寂寞，可是就算再苦，你也不会害怕。就算是自己一个人，你依旧对世界保持好奇，对明天抱有适度的希望。

人生会有很多个不同的阶段。在每一个阶段里，在什么样的地方，遇见什么样的人，发生什么样的事，从来都是不得而知的事情。并不是所有的人都要求一个结果，并不是所有的事都有一个目的。

因为正是这些没有原因、没有结果的人和事教会了你成长，让你变成了更好、更强大的自己。

即使在以后的岁月里，你不能再和他一起走下去，不能再一起分享各自生命中的喜怒哀乐。但因为你终于可以在那样浅淡的年月中，读出岁月深藏的好来，所以如今的你，无忧亦无惧。

一程山水，一个路人，一段故事，离去之时，谁也不必给谁交代。既是注定要分开，那么天涯的你我，各自安好，是否晴天，已不重要。

疼都是别人给的，但伤都是自己好的

爱情最折磨人的不是离别，而是感动的回忆，让人很容易站在原地，还以为回得去。

都曾经深爱过，都曾经努力过，但是，从明天起请不要再这么努力了好吗？请不要再这么执着了好吗？不爱了就是不爱了，逝去的爱情就像是风吹过田野，只有当事人明了，全世界却可以当作什么事都没发生。

爱情需要靠自己的努力去争取，但不是勉为其难，更不是增加负担，而是两情相悦、相处不累。

故事的结局总会有欢乐也会有悲伤，但是从来也不必刻意安排，就像是现实中的爱恋，在岁月深处你曾用心努力过，剩下的也不过是随缘而已，苦苦维系的情感早已偏离了爱情本身。

尤其是单方面的爱恋，哪怕多么炽烈，也像是没有空气的火焰，难以为继。

谈恋爱不是打副本、长经验，没有什么前任攻略可言，但是分手了，真的就别再打扰了。

那些不可能的爱恋，请统统放下吧。哪怕你真的忘不掉那个人，也不要再苦苦强求，放过他人，更是放过自己，因为有些伤痛是因为不再去揭露伤口才能慢慢结痂，有些记忆是因为不再提醒更新才会逐渐抹去。

一直放不下一个人，其实并不是这个人有多好，而是你一遍遍加深回忆，喜欢的也许已经不是最初始的那个人。

忘记需要时间，时间也不是久到永远。最快的办法是不回忆，而是眼睛转向自己。放下，只是放下过去的心意，不一定是放下谁。唯有放下，才能有新的开始。

把你从上一段感情中解救出来的，从来都不是下一段恋情，也不是新的替代品，而是你自己。

总是沉湎于过去，心情难免充满负气压，跌跌撞撞，头破血流，找不到释放的出口。就像是一只作茧自缚的蛹，窝在一个黑暗的地方，不敢走出去，撞破的伤口得不到包扎，不断地发炎化脓，伤口越来越严重。

其实，只有勇于捅破那层以前你自以为是保护层的薄膜，接受阳光的暴晒，才能去除霉菌和异味，恢复健康。

旧时的人，旧时的事，曾经在心里满满堆积，在你的过往人生中写下重重的一笔，一摞一摞堆叠码砌，翻开布满灰尘的书页，却被扬起的灰尘迷了眼睛、呛了咽喉、落了眼泪，愁肠百结、百转千回、晕头转向，却始终绕不出那个结，终于还是不敢与过去勇敢地对峙。说到底，还是自己不能放下，不敢放下。

因为曾经付出的心血太多，因为曾经交付的真情太多，因为曾经牵绊的因素太多，因为曾经悔恨的情愫太多，所以在心里不断地加大这份感情的权重，让你拿不起、放不下。

曾经是最亲密的两个人，现在却成了最熟悉的陌生人，以后会是点头之交、擦肩而过，交集越来越小，最终是再也不见。但这也许才是自我的解脱，双方彼此的解脱，所有的放不下其实都是对自己人生的羁绊。但你要相信时间会抹掉过去的浓墨重彩，会用素笔勾勒，将一切变得轻描淡写。

过去的人和事，一旦放下，只不过是一页翻过去的发黄的历史书，它曾教会你某些东西，懂得了就可以了，不必再刻意地回去翻找了。就像是手里的矿泉水瓶，它曾经带给你解渴的清水，这就足够了，它已经完成了它的使命，不必再时时刻刻地带着它了。

有时候会觉得爱情像一场戏剧，满腔相思，长长腹稿，上台的时候却满盘颠覆。依然有情节、有高潮、有结局，但坐在一起看戏的人却早已变幻沧桑，味道迥然不同。

其实呢，变化已在不知不觉中悄然而至，时时刻刻，只是明显到被察觉，还需要点时间。就像当初那个心心念念放不下的人，不知道什么时候一转身，你发现自己居然一个人走出了那么远，原来生活并不是非他不可的。

回首过去，青春不再，却能越活越开阔，别人给的疼已经越来越轻微，而伤也逐渐痊愈，韵味越来越醇厚，让你变成一个更好的人。

我们都希望在最好的年华遇见一个对的人，执子之手，与子偕老，相伴终生，不离不弃；愿意在遇见的那个人的时候倾尽我们所有的力气，花光我们所有的运气，一起承受岁月变迁，一起看着容颜老去。但也许真正美好的年华恰好是我们放下那些不可能的爱恋，去掉那些沉重的包袱，遇见新的自己的时候才刚刚开始。

你的一生，我只借一程

我相信别人在动情时所说的话都是真的，许下的承诺也是真的，一腔热血也是真的。至于后来谁辜负了谁，谁离开了谁，都是后来的事情。不能因为结局不完美，就否定了所有的开始。

爱上一个人，有时候不需任何理由，没有前因，无关风月，只为真心。

每个人来到世上，都是匆匆过客，有些人与之邂逅，转身忘记；有些人与之擦肩，必然回首。一生之中一定会遇到某个人，他打破你的原则，改变你的习惯，成为你的例外。

大多数人的真正的青春，似乎无一例外，都是从爱上一个人开始的。也许你曾如此不堪地爱过一个人。爱得痛彻心扉，爱得那么卑微，俯身到尘埃和缝隙里，只想追随在他身后，顾不上矜持和骄傲，甚至不惜为爱讨好，苦苦煎熬。

其实，爱情里面所有的迁就都是心甘情愿，甚至了无痕迹。有时候，并不是他喜欢的东西你刚好全都喜欢，而是他喜欢的，你也愿意去喜欢，然后就真的喜欢了。

你和他相逢在彼此最好的时光里，随着感觉顺势而为在一起，奋不顾身地爱，不惜一切地要，因偏执而沉重，因深情而决绝，因年轻而无解。

多年以后，当记忆幻化成一场梦。你们想穿越时空再回头看那个人的模样，却只看到模糊的背影。终于放下，不相见、不遗憾、不纠缠。

以前老人常说，有些小孩子必须要得的毛病，比如生水痘、出麻疹，来得越早越好。这些毛病，越是长大，越是难熬。有些爱就像出麻疹，趁年轻出透了，熬过了，才能重归灿烂。

所幸，一切都趁早。所幸，没有非要和他一起到老。

其实有时候觉得，我们当初曾拥有过的那场花开花落，年少轻狂，不就是一个完美的轮回吗？走过红尘，走过风景，何必去在乎过程中的烟雨？

人生的这段路程，无论如何去过，总有一些人会从陌生到熟悉，然后再从熟悉到陌生。而那些具有回忆性的过去，譬如一起看过的朝露，譬如并肩走过的海滩，都会在一个只有两个人知道的地方，深埋着，无它。

觉得别人对不起自己的人，都是放在别人身上的希望太重了。别带目的性去和别人相处，你会发现自己收获的都是惊喜。生命是一场只去不来的旅行，所以留心和感谢每一道风景。没有能回去的时候，所以做最想做的事，说最想说的话。

感情里，总会有分分合合；生命里，总会有来来去去。许多时候，风雨，不是天象而是锤炼；沧桑，不是无奈而是襟怀。以一种洒脱的姿态放手，以一份微笑的心境达观，浅浅喜欢，静静爱，深深思索，淡淡释怀。

人生是一场相逢，人生又是一场遗忘，心无旁求，万物皆美。

愿你学习蝴蝶，一再蜕变，一再祝愿，既不思虑，也不彷徨；既不回顾，也不忧伤。

我愿与你挽手看星空，你走了也无妨

一生至少该有一次，为了某个人而忘了自己，不求有结果，不求同行，不求曾经拥有，甚至不求你爱我，只求在我最美的年华里，遇到你。

曾经坚信，年轻时荷尔蒙旺盛，情感是最充沛的，是爱得最纯粹的时期。

然而，我错了。

当我在人生道路上跌跌撞撞一路走来，却发现，随着阅历的加深，感情会变得更加丰富。如此以后，对世间万物都饱含深情，笃信缘分，不再强求。如此以后，更加不习惯男女之间相爱相杀的戏剧化情节。

年轻的时候因为坚信自己的与众不同，于是真爱那么容易遇见。青春期时跟班长谈恋爱就像傍到霸道总裁；跟调皮的男生在一起，就好像恋了一个黑帮老大；闺蜜间的争吵，言行间满溢着夸张的恩爱情仇，聊天的内容更是把傻白甜的偶像言情剧的经典台词往上搬。失恋了，总是慨叹了无生趣，各种要生要死。

可怕的是，后来有些人醒悟了，而有些人仍然没有。再见到那种大马路上哭着打滚求挽留的世间男女，实在无法感同身受，要同情也是同情他们的内心为何如此脆弱，以及会同情那个所谓负心的人。

长大成人了，即使分手，终归也要分得理智些。

让人脸红心跳的情话，对情感的斤斤计较，卿卿我我、你侬我侬，再回首的恨意难平，都是“我执”；情不知所起，一往而深，也是“我执”。

在经历过了荷尔蒙旺盛的生命过程后，倘若心中还尚保有温存，就会明白，人间有味是清欢。内心有很大深情的人，往往恬淡。

笑着跟你挥手道别的那个人，或许比你更心痛，一言不发的那一位，脑海里可能回旋着一整部悲歌，打算用玩笑话把尴尬和悲哀搪塞过去的，心可能早已碎了一万次。而跪着扇自己耳光，哭得涕泪横流惊天动地的，可能是个神经病吧。

对于分手，人们不由慨叹生命无常，其实无常中一定有着一些恒常的期许，有很多人是用了毕生的努力，默默完成了对别人的成全。只要你信任这些生命的成全与托付的意义，总会对那些过往变得释然。

我所能见识到的最深的情感是静水流深，不用再向任何人炫耀和展示，恩爱自不必秀，悲伤亦留于心。所有含蓄婉转、深沉内敛的事物，都只是为了更好地沉淀，洗尽铅华。

若有一天，当你踏遍岁月千山万水，尝遍世情风霜，依旧可以回到最初的明朗，则为真正的朴素，真正的成熟。

不要把生活过成一部肥皂剧，逼着自己哭，逼着自己笑，逼着自己在某个节点过度释放某种情绪。生活从来不对我们隐瞒什么，花的香气不隐藏，浪的声音不隐藏，山林空谷也不隐藏。人生这一出壮美的悲喜剧，你是藏不住，也渲染不了，是你情绪不能承受之壮美，我们不如见招拆招、随遇而安。

所以，亲爱的朋友，对待爱情，我希望你能这样："我愿与你挽手看星空，你走了也无妨。只因星空依旧繁美，我自当为它赞叹。"

用一段时光，换一次懂得

爱有的时候就是这样，深入到骨髓里，呵护在生命中，有的时候会傻到无以复加，会傻到无可救药。但也只有这种痴痴的傻，单纯的爱，才能够感动对方的心，留住生命中的美好。

我以我的方式爱你，你却说我不了解你，可是我想告诉你，我也许给你的不是你想要的，但是我给你的都是我认为最好的。

我默默地关注着你，疼爱着你，却永远不再靠近你。想让你吃醋，又怕你祝我幸福。这倒不是因为我孤僻，只是不愿意和人太熟，熟络后又渐行渐远的感觉真的好难受。

如果你想留，就好好珍惜到白头；如果你想溜，就永远不要回头。

我已经无权关心你是否生活得快乐，但有时候，我还是会怀念起你来，只是一个简单的名字，一段简单的相遇。也许你会遇到你深爱的人，可是却不会遇到第二个像我这么爱你的人。早在开始的时候，我就做好了要与你过一辈子的打算，也做好了你随时要走的准备，这大概是最好的爱情观，深情而不纠缠。

有一次，你说爱我，那一瞬间，我以为是永远。那时候的我，觉得快乐很简单。你和我，坐在一起说说笑笑，吃吃喝喝，外加干点小傻事。

或许，爱，仅仅只差一个转身。那些年我们都为爱情做尽了傻事，最后陪在身边的，却是另外的人。

我们现在做的最有默契的一件事就是，我不联系你，你也不联系我。于是“后来”这个词概括了所有我们不想要改变，却又面目全非了的事。

原来，爱上一个人的感觉，再回头想想，竟然完全与甜蜜、幸福、喜悦这些词语无关，而是，恐惧。

害怕自己为爱患得患失，脆弱而敏感，担心自己负不起这份责任，而且在艰难面前，一个人熬过去，比两个人更容易一些；也怕分离所以开始担忧此刻的相聚。

可是在爱面前，这些担心完全没有选择，只是，下一次，再遇到一把刀子，我就不会再傻傻地用自己的手指试一次刀口是否锋利。

我依然相信，除了能不能爱，还有会不会爱。不会爱的人，有时遇到懂爱的人，他们经历一场刻骨铭心的爱情，最后遗憾收场。不会爱的人会在这场爱里懂得去爱，会成长、会珍惜；而懂爱的人却开始怀疑自己的付出是否值得，会退缩、会放弃。

有些人闯进生命里，只为了给你上一堂课然后离开。爱过一个人，然后分开，疯过一段时间，然后醒悟。

人生总是在不停地长大，我终会感谢当时那个奋不顾身的自己，虽然回想起来会觉得自己傻里傻气，可是人生不就是这样，青春也不就是这样，不求回报，不问前程。

能爱是本能，会爱是技能，以爱之名，为爱付出，自然会遇到期待的人。

用一段时光，换一次懂得。曾有一个人，让人用尽所有痴狂，爱他一如生命。那么愿有一个人，让人能洗去铅华，安心地陪他走过漫长的光阴。

喜欢才会放肆，但爱却是克制

一个人可以很天真简单地活下去，一定是身边有个人用更大的代价守护着。

有一种爱，明明是深爱，却难以说出口；有一种爱，明明想放手，却无法离开；有一种爱，明知是煎熬，却又躲不开；有一种爱，明知已找不到方向，心却早已收不回来。如是种种，我们难免经历。

年少时爱恋，常常单纯而热情，有时就像大夏天你翻越千山万水带去的一杯热奶茶，殷切地希望对方喝掉。对你而言，你跨越的千山万水是你的付出，但是对方根本就没法咽下热奶茶。

你认为你是感动天感动地，痴心一片，赤诚日月可鉴，可对方呢，说不定觉得你就是千里迢迢来添堵。

在成人世界里，大家都克制。克制自己的愤怒，克制自己的悲哀，克制自己的孤独。连喜欢都不敢明目张胆地表达，生怕表错情会错意，宁愿安全无风险度过自己的每一天。

成熟很重要的一步就是懂得克制。再也不会像个冲动的孩子一样为了某件事情肝脑涂地、飞蛾扑火，如此终于能为自己保全了颜面，得以生还。说到底，没那个时间和精力再去玩那些矫情的把戏。这个时候喜欢的，更应该是一种相互的支持、陪伴以及包容。

小时候以为，喜欢和爱都是不会变味的蜜语甜言。那时候觉得喜欢就是淡淡的爱，爱则是深深的喜欢。

明明心里想说的是："我很在乎你。"嘴上说的却是："我不想看见你。"

明明不希望他和异性有过多的接触，却嘴硬说："你走啊，去和她在一起啊！"明明生气是因为吃醋，可偏偏不愿意承认，非要摆出一副强势的面孔，大义凛然地灭对方的威风。

如果有一天，你学会了爱，你会收起自己的锋芒，你会克制自己的脾气，你甚至会默默无闻、不求回报地爱着他。爱那些琐碎的细节，爱跟他在一起的默契，爱他带给你的安稳和不尴尬的沉默。

你清楚地知道，这些都将是你的小欢喜。你小心翼翼地藏着，生怕被自己弄丢。当你学会克制不再放肆，不过是因为，你懂得了珍惜。

即使，这份爱有可能失去，也不过是终于懂得“彼此磨合”这个催化剂，这让我们像少年一样勇敢，但是不再像少年一样冲动。

年轻的时候，总想要为了对方改变自己，变成他喜欢的人，而不是变成自己，从而不要命地扑向爱情的火堆，直到把自己毁灭。

年长一点的时候，才明白，爱情的真谛在于相互的吸引、志趣相投的同行，而不是追逐和依附，爱是既保持两者的独立性，又能相互支撑和陪伴。于是学会释然，原来在爱情中做自己就好。

你的世界就让你拥有，不打扰是我最后的温柔

我们的成熟是由两部分组成，一半是对美好的追求，一半是对残缺的接纳。

如果有一天，我沉溺于茫茫人海，你失去了我所有的消息，你不要难过，我一定是安静地生活在这世界的某个角落。

如果有一天，你消匿于我的世界，我失去了你所有的消息，我不会担心，相信你已在天地的某个角落过着曾经想要给我的生活。

如果有一天，你心动了，恋爱了，我不会说什么，只会把祝福送给你；如果有一天，你受伤了，疲倦了，我还是不会说什么，只会把肩膀借给你依靠。

不是每个故事都有结局，或者说故事的结局根本不像你想象的那样。大多数时候原本看起来天造地设的两个人，突然间就宣布了分手，最后连句再见也没有。

再或者明明互相喜欢，可却又猜不透对方的一举一动，最后还是没能在一起，直至错过彼此变成陌生人。

曾经以为，离别是离开不爱的人，有一天长大了，才发现，有一种离别，是离开我爱的人，有一种离别，是擦着眼泪，不敢回首。

后来终于明白，分开或者是没能在一起，不是因为自己不好、不可爱、不够聪明，也不是做错了什么，只是因为时机不对，只是因为我们的相遇，是为了跟对方告别而已。只是因为我们都是这样一个别扭的人，别扭到永远不会先开口，别扭到可以硬是忍着不去联系对方，别扭到永远不让自己看起来先喜欢上对方，别扭到明明比谁都喜欢却认为只有不去打扰，才是给彼此最好的祝福。

我们都一样，宁可自己内伤憋得严重，也要假装不在乎，宁可假装遗忘不难没关系，也不会让对方知道其实自己从未放下，宁可在对方消失的时候比谁都着急满世界去找，也要在对方出现的时候假装不经意。

事过经年，物是人非。如今的我，只想跟自己说声对不起，因为总是莫名的忧伤，因为为了别人为难了自己，因为伪装让自己很累，因为倔强让自己受伤。而生活还在继续，最终我微笑着原谅了自己。

都说世相迷离，我们常常在如烟世海中丢失了自己，而凡尘缭绕的烟火又总是呛得你我不敢自由呼吸。千帆过尽，回首当年，那份纯净的梦想早已渐行渐远，如今岁月留下的，只是满目荒凉。

蓦然回首才惊心，这一场流年错，错的不是时光，错的是你我。

爱若难以放进手里，何不将它放进心里

到哪里找那么好的人，配得上我明明白白的青春。
到哪里找那么对的人，陪得起我千山万水的旅程。
可正因为你那么好，我才害怕，害怕惊动了爱情。
有些人，因为不想失去，所以绝不再染指。

爱一个人，连他名字中某一个字在书里、报纸上出现都感到惊心动魄，甚至造作到在渗着水雾的玻璃上用手指写下那名字。但他的名字来自仓颉，组合成十几亿人的虚名，甚至连他自己都没有专利权，你又拥有什么？

爱一个人，别轻言拥有。恋爱大不过天，谁也不属于谁。即使贪色爱上美丽的大卫像，可以摸、可以抱、可以跟他同行，他也只是分子构成与万物同在而凑巧与你发生过关系的生物而已。

相爱很难，吓走一颗心却很容易。你试着处处想拥有他的一切，他自然会害怕失去一切，向往自己自在的天地，因为他是个独立的生物。为了享有太多的爱而失去爱，真是讽刺的爱情现象。

爱若难以放进手里，何不将它放进心里。

爱上一个人，不一定要他做你的伴侣。邂逅一个让自己心动的人不容易，爱上一个人更不容易。当终于有一天发现你爱的人是别人的伴侣时，你就会万分懊恼。

其实，你错了，有时候，让你倾心的东西是需要保持一段距离的。就像我们站在柔软的海滩上，面对那一片无法用双臂去拥抱的大海，总要瞠目结舌，总是无法用语言去勾勒它的博大精深，无法用语言去揭开它的那一方神秘。

假设大海能装进你的鱼缸，放在阳台上，让你数清每一道流动的波纹，看透每一处的苍茫和深邃，你还会对海有那份执着的热爱吗？

所以，如果爱上一个属于别人的人，就让他做你永远的朋友吧！

因为是朋友，你们之间总要存在一段小小的距离，一片小小的空白。隔海远望你的维纳斯，你会发现她美丽绝伦。

因为是朋友，你不必总要穿着善意的伪装，不必总要说些美丽的谎言，不必总要受恋人和礼数的束缚，你可以用一个真实的你和他一起散步，一起微笑，真诚的朋友间永远存在着谅解和豁达。

因为是朋友，你们完全可以抛开锅碗瓢盆、油盐酱醋，不为生活琐事所累，以挚友的身份谈阳春白雪，古典文学，生存价值，社会时尚……

因为是朋友，你不会对他渴求太多，你给予他的永远是朋友间真诚的信任，他回报你的永远是朋友间的帮助和鼓励。

终有一天，你会明白，伴侣的定义不仅限于爱人，朋友依然会伴你走过这长长的人生。终有一天，你会明白，爱上一个人，不一定要他做你的另一半。

渴求太多，反被目标所累，降低所求，也许会得到一种意想不到的满足。那种关系比恋人多一份清醒，比朋友多一份亲密。

就算不是彼此的独一无二

后来我终于知道，它并不是我的花，我只是恰好途经了它的盛放。

天穹上的月亮只有一个，但是星星却有无数颗，大大小小，还有不同星座。星星排列组合，意义好多，可是月亮就只有上弦月和下弦月，有时候还来个月蚀。但是爱上一个人就会觉得，他是天上那个独一无二的月亮。

有时候，很希望有个人能告诉自己，为什么我把他当成独一无二的月亮，更何况突然间，他就从我的天空消失，找不到了？

虽然有时我们爱的人，往往在我们措手不及的时候伤害了我们，但是，爱情的逃走从来都不是突然间的事。分手不像平地一声雷的炸弹攻击，它更像是无数小伤口呜咽的累积。他已经不开心了，他不再稀罕闪烁在你的世界里。所以，喜欢他的你，无论多努力抬头仔细找也没有用，他的运行轨迹已经脱离你的夜空，不想让你看见，也不想让你知道了。

有人说，人活一世，什么时候会在哪里遇到谁，都是注定的。有的人和你并肩做伴几条街就得转弯，渐行渐远。而有的人能和你十指紧扣，漫步到最后。我们没有能力挽留要离开的人，即使有的时候，我们如此舍不得那个人的离开，即使很多时候，我们以为那个人本能陪我们一生一世。

可是，没关系啊，你就做你想做的自己，去你想去的地方。其实，指路的往往都是星星，而非月亮。所以，就算不是彼此的独一无二，那也无妨。

记得，要快快乐乐的，然后，把回忆当作最值钱的行李。因为，喜欢你的人抬起头，自然能在天空中找到你，他会和你挥挥手，让你知道他在哪个方向。

把弯路走直的人是聪明的，因为找到了捷径；把直路走弯的人是豁达的，因为可以多看几道风景。路不在脚下，路在心里。

而人们最终所真正能够理解和欣赏的事物，只不过是一些在本质上和他自身相同的事物罢了。

有一些人，他们赤脚在你生命中走过，眉眼带笑，你和他在一起的时光不短暂，也不漫长。然而却足以让你体会幸福，领略痛楚，回忆一生。

不管是快乐的时光，还是悲伤的瞬间，时间都在，不急。

相信人，相信感情，相信善良的存在。要开朗，要坚韧，要温暖地活着。不再那么猛烈地、戏剧化地挥霍情感，开始学着节约情绪。

人生即一场相遇，就算不是彼此的独一无二，即使错过也不必深究，何不如珍惜安好。

乍见之欢，不如久处不厌

你需要的只是一个累了能给你端一杯水，病了能陪在你床头的人。这世上所有的久处不厌，都是因为用心。

我不信一见钟情这种说法。

一见钟情的无非是对方身上的某一个特质，如美貌、善良、开朗吸引了你。真正相处时，便会发现原来那个人并不是只有这一面，他其他的、真实的一面可能是你无法忍受的。

相对一见钟情，日久生情就靠谱多了。相互了解了，却依旧爱上了，好与不好都接纳了，这才是爱。

如果你爱的人恰好也爱你，那是件多么令人开心的事情。然而命运往往难以两全，你第一眼就动心的人并没有被你吸引，对你倾心的人你却觉得欠了那份感觉。

年轻气盛的时候，觉得一定要找自己喜欢的人，就算会苦一点、凄惨一点，但至少有那个人在，生命就有光亮，生活就有盼头，但这一想法在现实中却被撞得头破血流。

在爱情里真的伤痕累累过后，只想着给自己披上铠甲，再也不要受一点委屈。既然喜欢你的那个人准备了宽厚的肩膀，只等你疲惫时靠过来，那又为什么非要为心里那一口气，跟自己的幸福过不去呢。

但是爱情这件事，它本来就没有任何道理。我们可以选择一个稳定的依靠，也可以奔着自己喜欢的人，不撞南墙不回头。只要自己心甘情愿。

选择后者的人，必然有一个前提是“你喜欢的人不喜欢你，但他愿意妥协跟你在一起”。也就是说，他选择的是“跟喜欢自己的人在一起”。

很多人并不明白，以为自己写了一千字诗，淋了几场大雨，为他生死作相思就是可歌可泣的爱情。往往，这样的死缠烂打总是让心里的那个人不堪其扰。我不爱你，你做的一切想要跟我在一起的努力，也是难入法眼。

有的人主张“喜欢就去表白啊，大不了连朋友都做不成。做朋友有什么用。”是的，做朋友有什么用？不过是备胎之一。但是真的事情放到自己身上，还是有很多人，宁愿自己是那个永无希望的一只小小备胎，也不敢冒表白后让自己被永久打入冷宫的险。

这样，至少以朋友的身份，在他遇到困难的时候，还有帮他的立场。在他所面对的选择里，还有说话的分量。

实际上，如果你能坦然接受付出了所有的一切之后的徒劳无功，那么收获这份属于自己一个人的爱情，真的是不错的人生体验。

如果你把自己对他所有的好都当作是为了以后能在一起的投资，那还是趁早说拜拜吧。否则的话，就会生生把自己活成一个怨妇。何必把自己搞得那么患得患失呢，本来就不是自己的。

成熟的爱情，未必是成功的爱情。即使不能幸运地与子偕老，但我们决不可浪费生命沉浸在无谓的情绪里。即便不能在一起，但依然能笑着拥抱对方。

爱一个人，是希望他好的。当你真正很喜欢一个人的时候，原本认为一旦他属于别人，自己绝对不会想去祝福他，但当这个人真实地站在你面前时，你会知道原来自己是打从心底希望他幸福的。

只因为，我们或长或短都曾有过单纯的想对一个人好的时光。然后他终于遇到幸福，虽然会不甘，但最终都得做到洒脱离场。

一见钟情不一定久长，平淡宽容相待才长远。怦然心动只是刹那惊艳，柴米油盐却是一辈子的生活方式。不论看起来多诱人，不是你的菜，吃了就会闹肚子。

在我们平凡的生命里，本来就没有那么多琼瑶式的一见钟情，没有那么多甜蜜得催人泪下、痛苦得山崩地裂的爱情故事。在百丈红尘中，你扮演的是自己，一个平平凡凡的、生生死死的普通人。所以请你珍惜爱情，珍惜迎面而来的、并不惊心动魄的感情。

深情不及久伴，厚爱无须多言，久处不厌才是真情。

若勇敢爱了，也要有勇气勇敢分手

我渴望能见你一面，但请你记得，我不会开口要求见你。这不是因为骄傲，你知道我在你面前毫无骄傲可言，而是因为，唯有你也想见我的时候，我们的见面才有意义。

你是不是还放不下那个你想抓又抓不住的人？

你之所以不能真的放弃，是因为每一次就要死心的时候，你都会想出一个理由来安慰自己。哪怕这个理由，你知道根本就无法说服自己，但你还是做了，也假装相信了。

可你别忘了，没有不会谢的花，没有不会退的浪，没有不会暗的光，没有不会好的伤，没有不会停下来的绝望。你别再去打扰他，别一有什么都想和他分享，别满腔热血说完只剩下尴尬。

总是掏心掏肺去面对，却得不到领情领意的善待；一直倾心倾情去守候，却等不来良心发现的回头。痛，不过感情；伤，不过心灵。

认真到死心塌地，却输得一败涂地；专一到不留余地，却冷得忘了哭泣。期望着被看重，却被排到了最后；抱着希望而来，却带着失望而归。

假如有一天，你丢失了爱情，请打开你的双手，左手是过去，右手是未来，合在一起，中间的就是你自己的现在。你在一开一合中存在，所以又有什么悲哀，过去的总是一面，未来的才是另一面。不要让右手孤单，生命没有太多的时间浪费在开合之间。过去了就把它合上，开始新的诗篇。

人活一世，执念太多。总难免生出许多怨气与憾恨来。竟不知有时选择放手，也会是一种幸福。你其实不是放不下，是不甘心曾坚持的感情就这样结束，你其实又舍不得这样放弃他。闲来无事时就不停揣测心意，可心酸、可折磨、可难受、可纠结，其实你若勇敢爱了，也要有勇气勇敢分手。

时间的模样，取决于你珍视它的程度。生命从来不会因为你恋着旧爱而感动，它并不会敞开所有人的门，它唯独眷顾那些内心平静，对生活充满善意与宽厚情感的人们。

这世间属于一个人的东西本就不多，偶尔放空自己会更快乐。别再紧抓着一件早已残破的回忆，别再紧抱着一个早该离开的情人，别再紧握着一段早该结束的感情，勇敢地放开手迈开脚步，去找寻新世界。你会发现这世间竟然如此美好，你当初竟然被一叶障目。

有些事，你把它藏在心里也许更好，等时间长了，回过头去看它，也就变成了故事。

你要相信，总有一天，会有一个人，看你写过的所有状态，读完你写的所有微博，看你从小到大的所有照片，甚至去别的地方寻找关于你的信息，试着听你听过的歌，走你走过的地方，看你喜欢看的书，品尝你总是大呼好吃的东西……只是想弥补上你的青春——他迟到的时光。

到那时你会发现，之前的全部人生都是为了恭候他的到来。

生活还在继续，
这已不算太坏

听到一首歌会想到你，闻到一种香气会想到你，转过一条街角会想到你，读完一个故事会想到你，我以为这都是触景生情，其实只不过在每个想起你的时刻，它们都碰巧出现过。

那些人，我们再也没见过。或许已过经年，或许只有短短数月。或许机缘未尽哪天还会再见，或者这种“再也没见过”的状态再也不会改变了。

或者这是因为，生活，也是分阶段的。

那些人，或许是旧时默默喜欢着你的。你知道所有细枝末节的关注；你察觉所有有意为之的示好；你愿意空气是温的，不太冷也不太热；你不拒绝或者有时就当不知道。

或者你在等，等那个人的好积攒到你奢望的厚重，才终于温暖妥帖、心意安定。

一晃时间过了，问候还似乎少了。

一晃时间过了，你在街边看见那人在十字路口对面牵着另一个人的手等绿灯通行。然后你发现，某一段路，自此亮起红灯，再难前行。

遇见的人，不一定都会在遇见之后慢慢消失不见。但的确，不是所有的人都会留下来。

那些人，或许是旧时你真心以待又或实在辜负的恋人。温暖的时光必定是有过的。你记得那个人的好，一句情话，一次回眸，一声嬉笑，习惯性的小动作，出人意外的时候拿出不名贵却温情用心的礼物，这些你都记得。

你也记得自己待那人的情意。总是有诸般的计较。计较那人的一些小习惯，计较那人的一句话，甚至计较那人遇见过的人和经历过的事情，但更多的，是千回百转的放不下。一晃时间过了，或这或那，总之，是散了。

一晃时间过了，生活还是继续的，永远都不少的就是新欢。一晃时间过了，在某个细小的时刻，你突然想起来，那个人，好像再也没见过。

其实，谁都不是不明白，秋天，未必是用来收获的。而生活还在继续，这已不算太坏。

“我等你”应该是一句谁都说过的话。眼见着那人要迟到了，你说：“没事，我等你。”眼见着那人有别的更要紧的事，你说：“没事，我等你。”

少年时，这句话容易说也容易做。你不急，有大把大把的时间。你等着，和忙手边的事或者也不冲突。

有时间等待，不急着做决定，不急着让人家做决定，是一件多么幸福的事情。

风水轮流转，赶多了时间，也总有被时间赶着走的一天。那些人，我们再也没有时间去等时间把他们带回来，所以饭桌上偶然想起，只能说一句“再也没见过”。

让我慢慢忘记你，就像阳光蒸发朝露，干干净净的心情从此不再背负思念荆棘。记忆属于生命谁能轻易抹去，我只能全部都藏匿。

第四辑

若无相欠，怎会遇见

爱，原本没有名字，在我们相遇前，它的名字叫作等待。

我，原来不知道什么是爱，遇见你之前的漫长岁月，就如同是在写一封长长的信，但始终没有等到那个可以投递的人。

而你出现的那一刻，我竟以为，我等的人就是你。

谁的等待，恰逢花开

遇见只是一个开始，离开却是为了下一个遇见。这是一个流行离开的世界，但是我们都不擅长告别。

伸手需要一瞬间，牵手却要很多年，无论你遇见谁，他都是你生命中该出现的人，绝非偶然。

人的一生中往往会遇到三个人：你最爱的人，最爱你的人，还有一个就是和你共度一生的人。但有点悲哀，在现实生活中，这三个人通常不是同一个人：你最爱的，往往没有选择你；最爱你的，往往不是你最爱的；而最长久的，常常不是你最爱也不是最爱你的，只是在最适合的时间出现的那个人。

爱不是占有，你喜欢月亮，不可能把月亮拿下来放在脸盆里，但月亮的光芒仍可照进房间。或许爱一个人，即使无法在一起，也可以用另一种方式拥有——让爱人成为生命里的永恒回忆。

人生也是一次即兴的旅程，对于茫茫无涯的时间而言，今生只是过客。要有很深很深的缘分，才会将同一条路走了又走，同一个地方去了又去，同一个人见了又见。

一直相信，这世间有一种相遇，不是在路上，而是在心里；有一种感情，不是朝夕相守，却是默默相伴。所谓前世五百次的回眸，才换得今生的擦肩而过。今生相逢便是缘分，你应好好珍惜。

时间最会骗人，但也能让你明白，这个世界没有什么不能失去的。离去的都是风景，留下的才是人生，走到最后的，就是对的人。

如果你喜欢上了一个无法永远在一起的人，请珍惜每一次和他在一起的机会，每一次和他说话的机会，每一次对他微笑的机会，因为这可能成为你脑海中不多的记忆财富；请保持快乐的心态，每一次见到他，或者与他交谈的时候，都能让他感受到你的快乐，因为看到心爱的人开心是件很幸福的事。

如果你不想让最后的回忆变得不美好的话，那么就都要给彼此一些空间，让他感觉你是他的幸福而不是负担！

如果你喜欢上了一个无法永远在一起的人，离开的时候千万不要哭。如果他也对你动过心，你们都会把对方的名字雕刻成辗转时空中的星星，每天都会想起彼此的脸。

如果你喜欢上了一个无法永远在一起的人，保存着你们在一起的每一分每一秒的片段，因为时间的洪水会很无情，到了最后剩下的也许只会是零星的碎片。

请记得曾经在一起时的那段岁月，因为珍惜今天，它就是明天最美的回忆。

愿你有一天，终会遇到另一个人，陌生的完全不熟悉的人，毫无感情基础，但感觉是可以很好在一起生活的人。于是，疲惫不已的心，终于愿意停靠。

你一出现，
别人便成了将就

起起落落的际遇，到头来一句别来无恙，胜过一万句我爱你。左思右想，跟命运所做的全部交易中，遇见你，这一单最划算。

其实人的心里还是渴望去恋爱的，这不是因为一个人过得有多糟糕，而是你只想把你发现的世界上的新奇和美丽，与一个能懂你的人分享。

很多人会被问到下面的问题：你喜欢什么样的人？处在不同人生阶段的人，答案常常不尽相同。

中学时，喜欢篮球打得好的、帅气的、酷酷的，最好是学霸型的男生。大学时，喜欢优秀的、高大的、阳光的，有才华又浪漫的男生。

有些阅历后，会开始意识到帅气、优秀、才华、浪漫、多金这些字眼都不如“执子之手、与子偕老”美好。

再后来，遇到这样的问题，答案会变成：喜欢有责任感、性格脾气好、有上进心、实在、孝顺、有能力、大方、投缘，三观相近、有共同兴趣爱好的男生。如果个子高、长得帅那就会有附加分，算是额外的惊喜。

慢慢懂得，一个真正成熟、睿智、内心强大的人和你在一起的一生，会是高尚的、纯粹的、脱离了低级趣味的一生。

因为有了他，你还是会继续对世界好奇、继续努力，你会成为他生活上、精神上最好的朋友，你们将是灵魂上的双胞胎。

嫁的人是谁，很重要，因为他决定着你一辈子的生活状态。娶的人是谁，更重要，她很有可能决定着你一生的层次和高度。

不要将就地嫁，也别违心地娶。成为想成为的自己，才能遇见想遇见的爱情，发生一段温度刚刚好的爱情故事。

爱是一次性的，爱过了，就很难释怀，很难再爱第二次。好像口香糖一样，你嚼完吐了，如果犯傻捡起来再吃，那种甘甜却再也感受不到了，虽然口香糖依然是口香糖，你的嘴还是那张嘴，但是那种感觉不会再来。

爱是一次性的，爱过了，就过了。就得一直朝向未来哪怕哭着也要走下去，你可以选择再去尝试一次，但是终无法感受到以前那种温暖和感动。

相爱的人，任何的吵闹、嫉妒、猜忌、孩子气等行为，都是合理正常的。再完美的人，一旦爱了，也一样像个孩子，偶尔自私，偶尔奢望……换个角度想想，你是幸福的。

如果，有个人这样深爱着你，千万别不懂珍惜。

每个人都渴望白头偕老的爱情，但有时白头偕老却无关爱情。人生最难过的，莫过于你深爱着一个人，你们却永远不可能在一起。

那些嚷着要爱情的人，只有在被爱情伤害后才会明白，忍耐是一种深沉的爱，不是每个人都能懂得珍惜。和一个愿意忍耐你的人牵手，远比那些只会给你风花雪月的人来得更长久。

爱情或许会让你流泪，会让你嫉妒生气。但它最终是温暖的，能给你安全感。如果不是这样，要么是爱错人，要么是用错方法。

喜欢上一个人，原因并不是他长得好不好看，而是他在特殊的时间里给了你别人给不了的感觉。有的人说不清哪里好，但就是谁都替代不了。

这个人一出现，别人便成了将就。

世界有时很粗糙，岁月有时也不温柔，你和他曾是两个淋透了雨的人，都没有伞，慌慌张张躲进了同一个屋檐。碰巧发现彼此有同样的目的地，于是有勇气并肩一起，散步淋雨。

那一路多开心，因为舍不得再见，你宁愿人间风雨别停，天别晴。

我爱你，这是我的劫难

我可以耐心等，幸福也可以来得慢一些，只要它是真的。

少年时的好，过了才知道。不用瞻前，无须顾后，不忧亦不惧。简单想，投入爱，悲喜酸甜只是爱之百味的一角，只管一天一天体会就好。

共谁争岁月？赢得鬓边丝。兜兜转转来来往往，不过是阅历和体验的累积。那些不能忘怀的酣畅淋漓，才是内心深处简单而自然的愿望开出的花，结出的果。

曾以为自己藏好了。没想到，内心的声音虽偏安一隅，却依然清晰而强烈，只需一个火星就会点燃，还原了那个远去许久的异想天开的孩子。

莫非爱情非要经历九九八十一难，非要经历多年爱情长跑？我纠结着你的努力，你纠结为何最后没跟我在一起，可是爱情跟这些一点关系都没有啊。

你若喜欢我，我们就在一起，你若不喜欢我，那我再想想办法。

有时候，爱情仿佛是你在天上，我在地上。就像飞鸟爱上鱼，飞鸟好想去学游泳，鱼在梦里飞到了半空中。

我越来越相信每一种喜欢都会得到福报，或早或晚，孤独会得到拥抱回应，前行会得到脚步回应，“我爱你”会得到“我也爱你”的回应。

那些我以为没有的回报，只是换了一种形式存在，就像汹涌的金色麦浪是对秋天的回报。

别嫌弃我爱你的方式，太用力、太笨拙，谁不是深一脚浅一脚走过来的，好聚好散或者在一起，那都是年轻时候最用力的方式。相遇的时候都以为有以后，才敢用力爱，分开的时候都不敢奢望未来，才忍痛放手。

我们都想握手的时候耗尽了吃奶的力气，谁知道放手的时候才是抽离了大半生的力气，你迎面而来时都是阳光，你走后那背景是倾城大雨。

你曾说，爱多简单，我想跟你在一起；你曾说，日子多简单，我想和你一起虚度时光；你曾说，生活多简单，八十岁的时候躺在摇椅上聊聊十八岁那年。

可你不知道的是，你说的每一句话后面，我都在内心深处大声呼喊过：“嗯，我爱你啊！”

你看，我们都在爱着，用最用力的方式，耗尽运气、勇气、力气，在所不惜；你看，我们都在爱着，用各自以为对的方式。

后来终于明白，这个世上，有很多事是无法预料的，也是无法靠努力就能争取得到的。比如突然的失落，莫名的孤独，没来由的落寞，以及我们无缘无故的分开。

我想，有些事情是可以遗忘的，有些事情是可以记忆的，有些事情能够心甘情愿，有些事情一直无能为力。

我爱你，这是我的劫难。

爱上一个人，就是一种沦陷

没有一场相遇本身强壮到能使我们不惧离别，但总有一场重逢等在前方值得我们为之努力。

这个世界上，总有一个人，他治得了你。只要看到他，你的坏脾气自然会收敛，变得驯如羔羊；只要看到他，你的沮丧会消失得无影无踪；只要看到他，你会觉得道理好像都在他那一边。只要看到他，你就觉得心里踏实。

跟他一起，你才发现自己从没这么温柔过。跟他一起，你会努力表现得聪明些。跟他一起，你总想进步，你多害怕跟不上他。跟他一起，你不会再那么容易神经紧张，他是你的镇静剂。

爱上了他，你只有被他欺负的份儿，休想欺负他。然而，你却享受被他欺负，那些都是甜蜜的欺负。爱上了他，你就总是迁就他，还甘之如饴，还不忘记总找机会来证明是他迁就了你。

爱上了他，你有点怕他。爱上了他，你开始迷上星相学。爱上了他，你开始相信命运。他治得了你。是否是前世你欠了他什么？你前生该不会欺负过他吧？谁知道，他就是治得了你。

和他在一起时，你们从不说起爱情，因为懂得太多的人，总是难以相处，你总是在想或许他应该傻傻等你一阵子，或是你可以聪明一些，等等他热情的追求。

你喜欢和他一起逛公园，或是走几小时的夜路，你说能聊这么久的肯定是真爱，多想肯定地给你答案，但话到嘴边，便又风吹云散。

有时会想起约他看一场电影，但总是话到嘴边，却又轻描淡写，你帮他擦去嘴角的奶油，他帮你咬掉衣服的线头。

你想和他有个家，要为他准备三百六十五种早餐，要三百六十五天天天吻他起床；要为他熨烫每一套西装，要为他打好每一天的领带；要和他依偎在沙发里看爱情片，要和他爱遍家中的每一处地方；要每天睡前最后一个看见的人是他，要每天醒来就可以听见他的呼吸声。

当你爱上了人，就会发觉，你会不断地去妥协，让底线不断地被击破。因为相爱，就是相互地妥协，愿意为对方改变。

每个人都会有任性的时候，但那是因为还没爱上。不用担心自己会一步步地放弃坚持，放弃内心的底线。因为你是一定会为爱放弃的。

爱上一个人，就是一种沦陷。

爱情世界里只有感动是不够的，还需要彼此有一点奋不顾身的冲动和一点捡到宝似的沾沾自喜。

然而有一天你终会懂得，爱上是缴械投降，不想浅尝，不想辄止。会用尽全力爱上你的全部，你的哭、你的笑、你的任性、你的温柔、你的依赖、你的自私、你的天真、你的粗心、你的疯狂、你的安静，还有你同样用尽全力爱上他的全部的那颗心。

我们都曾为了一个人，爱得奋不顾身

让我们慢慢地走近，不问彼此从哪里来，到哪里去，遇见就好。如果路不同，就让我们这么擦肩而过，又慢慢地走远，你的美丽你带走。

曾经的你很傻，很天真，单纯得没有烦恼。曾经的你深爱过一个人。

深爱的感觉就是别人碰一下都觉得是抢，所有跟他有关的事都变得小心翼翼，有时候甚至想逃离。但是因为深爱着，越想逃离却越清晰。

深爱一个人的感觉就是，他让你生病，可他又是你的药。

独自去到一个美丽的地方，心想如果他也在就好了。拥有一颗骄傲的内心，却愿意为了他，将自己放低。

爱上他之后，突然听懂了很多情歌。他微微一笑你能记得好多天，他的一句话你也记得好多年。

愿意走一万步去见他，也愿意退一万零一步离开他。突然觉得自己很糟糕，甚至配不上他。整个城市都在看下雨，只有你在想着他带没带伞。

曾为了他，爱得死去活来，爱得死心塌地，可以对所有人说不，除了他。像个小傻瓜一样，见了面就兴奋，说话还紧张、走神，写写画画全是他的名字。甚至想他想到整夜整夜地失眠。

曾为了他，钱包里一直放着初识的大头贴。他随意的话语、随意的短信、随意的眼神就轻易决定了你的心情。你痛其痛，伤其伤，乐其乐，甚至心疼到恨不得受累的是自己。

你爱他，倾其所有，不留退路。无论多累，只要看到他笑了就觉得世界都变得美好了。

可后来你才发现，爱情本来就是一场无止境的追逐，你伤害过一个人，也被另一个人伤害过。你所有的奋不顾身、所有的付出和努力，在那个不爱你的人眼里都是徒劳，可你，心甘情愿。

其实，爱一个人本来没有错，有错的是，明明知道没有结局，却还是偏执地爱着一个不该爱的人。

一份爱情，会把人分成四种：可笑、可怜、可悲和可爱。

你爱他，而他不爱你，是可笑；明知不爱，你还死死纠缠，这是可怜。已经很可怜了，还死去活来不放手，这就是可悲。

可悲的爱情，会一点点摧毁你的心。好的爱情，只会让你更可爱。谁让你变可爱了，就跟谁走吧。

遇到一些事后，才能看清一些人。看清之后不一定就此绝交，只不过不会再像之前那么无条件付出自己了。年纪越大，越爱惜自己。自己不疼自己，谁来疼你?

每一个奋不顾身的行动都有难以言说的执念，就像每一个为爱放手的人都有一道无法触碰的伤口。

后来的你，学会了从“奋不顾身”到“有所保留”，也学会了更好地爱自己。

很多时候，不是你一直不懈地坚持，就会换来一个人的爱。爱情是勉强不来的。即便你日日相守，也终究敌不过命运的刻薄。但请你相信，总有某个喜欢你的人在未来的某个地方等你。

你曾剪下自己的一段青春，用来奋不顾身地朝着一个目标狂奔，那勇敢的模样，任何时候想起来都觉得漂亮。

让那些不懂得珍惜你的人慢慢地远去吧。不必说话，不必忧伤。既要能奋不顾身地去爱，也要能像不疼一样地去接受伤害。总会有一天，你的心沉静得像海，不轻易澎湃，直到有个人来抚慰你，然后，一辈子。

所谓爱情，
就是一物降一物

我对于你，只是场意外；你对于我，却是一场爱情。这一生，总有一个人，老是跟你过不去，你却很想跟他过下去。

因为一个人变得温和，变得更努力，爱情确实有这种魔力吧。即使在全世界面前都拽得要死的男女，遇到了她，还是会变成了暖男；遇到他，还是会变成了小女孩。

爱情，就是一物降一物，突然有了软肋也突然有了铠甲。哪里有什么冷酷到底的男人，遇见对的人，古惑仔都变成了好好先生；哪里有什么不懂得温柔的女人，遇见对的人，再强悍也会变得小鸟依人。

不管多么强悍的人，总是会被一个人融化，变得温暖而柔和。

相爱的人，看到彼此就会快乐，听到彼此的声音就会不自觉地嘴角上扬；不管在别人面前多么冷酷、强硬，在她面前就会温和而包容，走到哪里都会被她牵挂，被她驯服。

这种驯服，并不是失去自我，是发自内心的想要让她高兴。这种自我改变和自我蜕变，不会有压迫感，而是一种甜蜜。

何必追问“你为什么对我这么好”，最暖心的回答不是说一串对方的优点，而是“我为什么不对你这么好”。

对一个人好，没有什么理由，是习惯，是使命，是一物降一物。

最好的感情，就是找一个能够聊得来、相互懂得的伴。各种的话题，永远说不完；重复的语言，也不觉得厌倦。陪伴，是两情相悦的一种习惯；懂得，是两心互通的一种眷恋。

爱，很简单，只要每天都会彼此挂念，就是踏实的情感。幸福并不缥缈，在于心的感受；爱情并不遥远，在于两心相知的默契。

懂得是心灵的一种呵护，是生命的一种温度。距离的远近，妨碍不了心与心的对话，阻隔不了魂与魂的相吸。因为有人懂，情怀可以诉说，痛苦可以解脱；因为有人懂，孤单时有人相陪，无助时有人安慰。

懂得是世界上最温情的语言。简短的话语，却包含了万千。因为深有体会，所以知你的负累，懂你的苦衷；因为感同身受，所以心疼你的真诚，珍惜你的感情。

懂得是通往心灵的桥梁，引起共鸣。因为懂得，所以包容；因为懂得，所以心同。懂得，让心与心没有距离，让生命彼此疼惜。懂得，是生命中最美好的相通，最深刻的感动。

时间，会沉淀最真的情感；风雨，会考验最暖的陪伴。走远的，只是过眼云烟；留下的，才是值得珍惜的情缘。

来得热烈，未必守得长久；爱得平淡，未必无情无义。眼睛看到的可能是假象，心的感受才最真实；耳朵听到的可能是虚幻，心的聆听才最重要。

治得了你脾气的人是你爱的人，受得了你脾气的人是爱你的人。

时间会教你懂得，简单的喜欢，最长远；平凡中的陪伴，最心安；懂你的人，最温暖。

第一眼就心动的人，怎么甘心只做朋友

一入夜盛开的，是你不知情的喜欢；一转身记载的，是你未发觉的离散。从动心开始，付出即是偿还。

当我的眼神，在你的明眸里看见倒影；当我的颦首，看到你的回头；当我的笑靥，迎上你的翘角。让我不得不相信：确有一见钟情这回事。

常常想爱上一个人需要多久，一瞬间，一年，一辈子？可是，当真正遇到了那个对的人的时候，爱上却只需要一眼，只需一眼，你便已经住进了我心里。

你知道的，我永远不可能和一个我爱着的人“只是朋友”。

我想谈一场永不分手的恋爱，就算吵架，就算生气，就算分开，也会再在一起；就算我们很忙，就算我们很累，只要见到彼此就会温馨一笑；就算我们结婚，就算我们有孩子，就算我们在一起很久了，我也会想让你在睡觉前抱我一会儿。

我想谈一场永不分手的恋爱，在那场恋爱里，只有彼此，没有背叛，没有分离，没有心痛；那场恋爱，我们都会长大，都会懂事，都会成熟，但也会在只有彼此的时候幼稚一下；在那场恋爱里，我们懂得彼此，熟悉彼此，习惯彼此，依赖彼此。

我想谈一场永不分手的恋爱，我们会一直牵着彼此的手，陪着对方度过每一天，无论快乐、忧伤，首先会想到对方，彼此的感情不会随着时间的流逝而随波逐流，我像孩子一样照顾你、抱着你、陪着你，尽管有时我自己也会有点孩子气。

我想谈一场永不分手的恋爱，我们会一直走下去。蹒跚漫步，夕阳西下，白头到老，相濡以沫，然后抚摸着你的脸庞，轻声说句“对你的感觉一直都在”。

我总是希望，在我委屈的时候，有你靠过来的肩膀；在我开心的时候，有你看着我笑笑闹闹；在我们沉默的时候，空气里都是温馨的味道。

我最大的勇气，就是放弃了做朋友的机会，只想让你知道我喜欢你。

是啊，第一眼就心动的人，怎么甘心只做朋友？

于是，我一直强行把一些东西送给你。我的时间，我的爱，我的胡搅蛮缠，我的狰狞和可爱。我从没问过你想不想要，我只知道这些我从不给别人。

亲爱的，爱你，是我做过的最美好的事情。

后来的时光里，就算我一个人也可以活得很好，但是并不证明你不重要。

一首歌曲，会想到你；一些字眼，会想到你；一篇文字，会想到你；一部电影，会想到你；一张侧脸，会想到你；一个笑容，会想到你；一点温暖，会想到你。

后来才发现，一个不小心，我也变得如此脆弱。才发现，随便一个不小心就会踩到想你的雷，然后，让自己粉碎在对你的思念里。

我想任性地喜欢你

多年之后，关于曾经的甘苦爱恨，最温存的追忆大概也就是问一句，我想你的时候，你是否也在想念我。

年龄越大，就越不知道该怎么去表示对一个人的爱恋，离得太近，怕被讨厌，拉得太远，怕被忘记，搜肠刮肚想出一堆甜言蜜语，又怕说出来彼此腻味，太主动怕不被在意，太冷漠怕被误解。

你曾想：如果在每个人的心里，能伸出两只手，紧紧地拉在一起该有多好，这样就不必用言语和行为来证实对一个人的爱。

因为不知道怎么对待感情，所以你有时候会故作犯傻，爱情小说不读，爱情电影不看，有时在街边听到情侣们旁若无人的告白，也故意加快脚步，算是一种自我逃避。

把自己关久了，未免也会想念爱情，毕竟和一个人十指相扣，他指尖的温度传到你的指腹，这种诱惑让人无法抗拒。

没有人能拒绝爱情的诱惑，就像摆在面前的、缀着草莓的慕斯蛋糕，阳光稀稀落落地洒在白色的骨碟上……就算不爱吃，光看几眼，也心满意足了。

很喜欢那些还是一脸幸福的小情侣们。男生把女生的手包在夹克衫的衣兜里，女生娇嗔着，还略带埋怨地说："走慢点啊。"可还是心里甜滋滋地跟随脚步。

女生举着冰激凌，先让男生咬一口，男生虽故作冷酷，可嘴巴还是挨着冰激凌，"吧嗒"一下咬了一小口。

两个人快乐得就像两只在松树上蹦跃的小松鼠，把爱情磨成一颗颗小松果，藏在树洞里，等到来年冬天，天地间雪茫茫，路人都肿成了小点，两人并挨着，独看这苍茫而寂寥的人间。

爱情终归是很美好的，美好如魔法棒，它把生活里阴沉的、丑陋的心情都施了魔法。

它让你期待爱情，但你却又清楚地知道，爱情不是自己圈养的宠物，并不是你给它一百分的好，它就还你一百分的好，爱情有时根本毫无道理可言。

感情也不存在对错，更没有什么值不值得 。从来都是你情我愿的事，如果有一天，你被伤得体无完肤也不该怨任何人，都是你心甘情愿的。

爱情的魅力也在于此，就算知道后果了，也还是想要试一试、赌一把。

你会犹豫进退，计较得失，这是很多感情问题的根源。可实际上，两个人相处哪里有这么多的技巧可言，哪有那么多的得失可算计。爱情不过是各人各使一把力，你鼓励我，我安慰你，彼此互通心意，互相恳切地说一句："我爱你！"

那么，当你遇到了那个人，请你勇敢地再爱一次，任性地抛开成人世界的猜忌与犹疑，让自己重回到青春年少时的单纯与执拗，再相信一回"命中注定"。

一个人爱你的时候，你的任性你的缺点都是可爱。一个人不爱你的时候，你说话是错，不说话是错，连呼吸都是错。这是人性，习惯就好。

所以，永远不要为了迁就谁而改变自己，爱的时候勇敢爱，散的时候大步走，别回头。

你要记住，进不得退不得的感情，终究还是要后退的。

爱情拼的也是一种勇气，义无反顾地爱了，也许就在一起了。那些瞻前顾后的爱情，随着时间的流逝，浓的变淡了，深的变浅了。很多人感慨“错过”了，其实只是当初差了一点“勇敢”。

每个人的内心都是相仿的，都住着一个很简单的，给几颗糖就能哄笑的小孩子，只是你要换下A字裙，踢掉高跟鞋，卸下厚厚的妆容，把脸上故作狡猾和冷酷的表情一一敲碎。

你要把心里的小孩子释放出来，让她秉从天性，找到另一个小孩子，他们一起玩耍，一起在这个世界里摔跤，偶尔也怄气、背影相对，但紧紧牵着的手，千万别放开。

我们常常为错过一些东西而感到惋惜，但其实，人生的玄妙，常常出乎你的预料，无论什么时候，你都要相信，一切都是最好的安排，坚持、努力、勇敢追求，风景变幻人生无常，顺其自然，会有另一重惊喜等着自己。

要么敢爱敢舍，要么百忍成双

少了又不甘，多了又嫌烦，哪有那么多恰到好处的陪伴?

如果，他爱你是因为你爱他，那他其实并没那么爱你，你不过是他满足自恋的工具；如果，他爱你是因为你不爱他，那他其实并没那么爱你，他只不过是太爱赢，而且对疼痛上瘾。

只有你看得懂他的阴影和难堪，他容得下你的偏执和粗疏，你们疼惜着彼此的可爱和不可爱，爱情，才真的来了。

有人这样爱你吗？你生气，他不会丢下你，因为他怕你做傻事。他会默默地陪着你，躲起来，不理你永远不是他的风格。你可以打他、骂他，他都不会还手或生气，他只是有些难过地看着你，或者是紧紧地抱着你，好让你冷静下来，直到你感受到他的爱为止。

有人这样爱你吗？他很乐意分享你的开心，即便你的开心与他无关，即便你所开心的是他不懂的、不感兴趣的东西，他依旧耐心地听着，你察觉不到他的心不在焉。你喜欢的他都会尝试，因为他想陪你一起开心。

你说过的话，他都记在心里，你的愿望，他在想怎么帮助你实现。每一个节日他都用心准备惊喜给你，哪怕只是一件小饰品，小玩偶。

当你没自信的时候他会鼓励你，帮你打气，给你自信心；当你失落时，给你一个怀抱；当你流泪时，帮你轻轻拭去眼角的泪水。他总是那么的细心与温柔，或许他是霸道的性格，但对你却是春风化雨。你失眠他陪着你，做你的睡不着先生，讲故事哄你，或者唱歌给你听。

爱人，是用来疼惜和呵护的，而不是用来伤害的；感情，是用来珍惜和维系的，而不是用来考验的。

很多人对待爱人和感情的误区在于，越是相爱的两个人越是相互折磨；越是感情深厚的两个人越是相互考验。总想以此来证明，自己在对方心里的位置。

其实不然，只要对方心里有你，无须证明，自然会爱你、疼惜你、珍惜你。

真正的爱不是累了就放弃，而是即便再累也会找个借口，让自己坚持再坚持，累并快乐着。因为真正的爱是希望你爱的人幸福快乐，所以你才幸福快乐。

真正的感情不会随着时间流逝，而是随着时间的积累会越发的厚重。真正的感情是相濡以沫、共度风雨，而不是如同林鸟般，因为大难临头而各自飞。真正的感情是用彼此的宽容、相互的理解而维系得更加长久。

真正好的情感，不是一方奔向另一方，而是双方一起奔向彼此，这是世间最美的遇见。感情，只有慢慢品才会懂；人心，只有细细看才会明了。看得见的不一定是真好，感受得到的才是真好。

感情，靠的是真诚，还有深深的疼惜。舍不得，才会去爱护；放不下，才愿意妥协。付出，凭的是心；不离，靠的是愿。心甘情愿才会不由自主；无怨无悔才会死心塌地。当一个人，下意识地护一个人时，那种爱才是真的。

你是否也想这样去爱一个人，不论他的长相身材如何，不论他贫富贵贱与否，只是爱上了，然后就努力爱，深深去爱，爱到地老天荒。

我们总在等待一个人的出现，中间会有那个擦肩而过无缘的人，也会有那个让你心动的有缘人。等待一个人要多长时间我们无法预知，只能且爱且珍惜。

不论你愿不愿意承认，一生爱过的大部分人，都会从陌生变得熟悉、又再从熟悉变得陌生。渐渐地，打动我们的不再是那句“我爱你”，而是一句“我陪你”。

爱情不是终点，陪伴才是归宿。

何如不相见，亦可暗相恋

暗恋啊，就是闷热的夏日里躺在床上看着天花板，突然想到了你，心里就像开了无数个粉色的小风扇一样，呼啦啦地吹起一阵风来。

暗恋是百花园中的夜来香，美丽的绽放，却看不到天亮。这份情怀是那么纯粹，仅仅是因为某一时刻的心动，便会暗暗喜欢很久，不表露、不张扬，把对方默默地藏在心里，藏在心里并不是因为不够喜欢，而是因为太喜欢，所以不想破坏心中的那份美好，纯纯的、暖暖的。

你把他变成你心里的一个秘密，永久地保存在今后漫长的时光里，让最初的那份懵懂成为生命的一个印记。暗恋一个人的心情，就像是瓶中等待发芽的种子，永远不能确定未来是否是美丽的，但却真心而倔强地等待着。

其实喜欢一个人的感觉本是美好的，若是苦涩，也是因为自己的些许贪婪，其实喜欢不一定非要拥有，就像一朵花，喜欢可以给它浇水，或是施肥，也不一定非要摘下；就像风景只适合观赏，不适合采摘，远远欣赏也是一种美。

暗恋可能是世上最累的活，不言不语，却花开四野。你不知道当你开始每天有意无意地注意他的时候，就注定要遭受一场磨难。你不言不语，不吵不闹，只要能够看到他，这就已经很美好了。

他无意间说了一本书的名字，你就偷偷地找来看；他无意间说了喜欢的一种香水，你就偷偷地买来喷；他无意间哼出的一首歌，你就偷偷地单曲循环。暗恋是世界上最辛苦的秘密，你却不辞劳苦。

暗恋是场微酸的独角戏，你独编凄美的剧本，从头至尾都是你酸涩的独白，所恋的对象只是一副道具，你爱的是那种孤单舞台上一束追光打过来的心酸浪漫，品味细节时酸酸甜甜的回忆和酸痛酸痛的心情。

在那束追光之外一片黑暗，即使你知道暗恋的那个人也在暗恋着你，那也不过是另外一处黑暗中一朵孤独的追光而已。

你们隔着茫茫的无涯的黑暗，能够听到对方的声音，但是找不到通往对方的路，因为你们要找的都不是现实中的人，所以，对于暗恋的人来说，何如不相见，亦可暗相恋。

暗恋更是一种不动声色的美丽，总是选择站在一个恰好的位置。暗恋一个人，是独享的世界，那种感受只有自己懂得，生命中不免有遗憾，但是做了选择，就不要后悔，如若再见，只愿能是最美丽的模样。

有谁不曾为那暗恋而痛苦？

你曾以为那份痴情很重，很重，是世上最重的重量。有一天，蓦然回首才发现，它一直都很轻，很轻。你以为爱得很深，很深，来日岁月，会让你知道，它不过很浅，很浅。最深和最重的爱，必须和时日一起成长。

暗恋撑到了最后，都变成了自恋。那个对象只不过是一个躯壳，灵魂其实是我们自己塑造出的神。明白这件事之后，难免让人感到一阵失落。

原来你害怕的，根本不是他从未喜欢过你，而是有一天，你也许不再喜欢他了。

幸福就是你的珍惜

有些人的好就像埋在地下的酒，总要经过很久，离开之后，才能被人知道。剩下饮酒的人，只能寂寞独饮。

我在等待一个人，一个可以陪我很久很久的人。我需要的不是海誓山盟，不是风花雪月的浪漫，而是最温暖的陪伴。我需要的不是你的刻意想念，也不用你时刻把我挂在嘴边，只需要在入睡之前，能安然地、甜蜜地想你。

我想和你有一场暖暖的恋爱，不累人、不费神，不用琢磨更无须纠结，安于现状、安于踏实，在一起变成了习惯。不用担心害怕，因为知道别人抢不走他。能做最真实的自己，却又恰好互相迷恋。两个人好像忘了在谈恋爱，轻松自在。

一个眼神就懂得彼此，做什么都合拍。只要和你在一起，我就忘了羡慕其他人。

我爱你，不光因为你的样子，还因为，和你在一起时，我的样子；我爱你，不光因为你为我而做的事，还因为，为了你，我能做成的事。

我爱你，因为你能唤出我最真的那部分。不是最好的时光里有你在，而是有你在，我才有了最好的时光。

我爱你，因为你穿越我心灵的旷野，如同阳光穿透水晶般容易，我的傻气、我的弱点，在你的目光里几乎不存在。而我心里最美丽的地方，却被你的光芒照得通亮，别人都不曾费心走那么远，别人都觉得寻找太麻烦，所以没人发现过我的美丽，所以没人到过这里。

我爱你，因为你将我的生活化腐朽为神奇。因为有你，我的生命，不再是平凡的旅店，而成为了恢弘的庙宇，我日复一日的工作里，不再充满抱怨，而是美妙的旋律。

我爱你，因为你比信念更能使我的生活变得无比美好，因为你比命运更能使我的生活变得充满欢乐。

爱你就是，见不到你的時候，心里有好多话想和你说；你在身边时，觉得静静地靠近你，即使不说话，也很好。

原来，最幸福的事就是，我那么爱你，恰好你珍惜。

爱你，无须说给你听

人生有很多东西都是过期不候，就像与很多人的交集，既然是转身离去，便是后会无期。

爱你，与你无关，即使是夜晚无尽的思念也只属于我自己，不会带到天明。也许它只能存在于黑暗。爱你，与你无关，就算此刻站在你的身边，依然闭着我的双眼，不想让你看见，就让它只隐藏在风的后面。

爱你，与你无关，思念熬不到天明，所以选择睡去，在梦中再一次见到你。爱你，与你无关，渴望藏不住眼光，于是我躲开，不要你看见我的心慌。

爱你，与你无关，真的，它只属于我的心，只要你能幸福，我的悲伤，你不需要管。

爱你，不想说给你听。因为说出口的爱，就失掉了它的暖意，冻僵了在那里。爱你，无须说给你听。因为淡淡的爱意，流经我的心，牵着你，不停地在走。

爱你，不问是不是你也爱我。夜梦蝴蝶飞，醒来莫回味；清清流水潺，洗我云发灰。爱你，是我的权利，不知道，是你的权利。

爱你，爱到了没有什么可说，只许下了今生今世的承诺。还是别等什么来生如何，一生一世，几多离合。

爱你，嘴里含着你送的一颗巧克力，久久的，它化了。品味着，它的浓香苦涩。爱你的深意，只在味道里琢磨。而味道深处，说不清什么。

爱你，相片里触景生情的老地方太多。想象一下，我俩老树枯藤般厮守的时候，面面相觑耳鬓厮磨。爱你，今生今世想要做的事情太多。但无论身处何地，心里装着爱的四季，才最是有形有色……

最后，我的爱像一壶酒，被窖藏了。偶尔打开闻一闻，觉得满肺腑都是醇香。那全是我自己一个人的独角戏，一个人的盛情。

此时，你知不知道已经不重要了。最好不要知道，这样更纯粹些。菜是自己买的，做菜人是自己，吃菜的人还是自己。

正如爱是我自己，知道这爱的是我自己，回忆这爱的还是我自己。自己把自己一口口地品着，隔着时光的杯，就把自己醉倒了。

这时候，也才明白，原来这样的爱并不悲哀。没有尘世的牵绊，没有啰唆的尾巴，没有俗艳的锦绣，也没有混浊的泥汁，简明、利落、干净、完全。

这样的爱，古典得像一千年前的庙，晶莹得像一弯星星搭起的桥，鲜美得像春天初生的一抹鹅黄的草。

这样的爱，真的也很好。

第五辑

岁月安好，各自远扬

不是每个人，都有机会经历一次长情，亦不是每个人都有那种幸运，在你最年轻、最灿烂的年华里。有一个人，愿意牵着你的手，耐着性子，陪你走过一站又一站，哪怕，最终还是被时间打败了。

时间是毒药，也是解药。因为时间我们可以无可救药地爱上一个人，同样的，分开以后谁都没有过不去的坎，终究还是时间问题。

一切都是最好的安排

没必要刻意遇见谁，也不急于拥有谁，更不勉强留住谁。一切顺其自然，最好的自己留给最后的人。

人生若只如初见，那些人还是那些人，那些事还是那些事，那些美好还是那些美好，时间定格，光阴止步，在安静中聆听心动的声音，在静默中泼墨一朵如莲的想念，温婉如玉。

可惜“盛年不再来，一日难再晨”，一寸光阴又何止一寸金，再多的金钱都买不来流逝的片刻光阴。

时间从来不会为任何人、任何事、任何美好，稍作短暂的停留。时间不会定格，光阴不会止步。许多时候，你只能在夜深人静的时候，任想念固执地开出一朵花儿，在静默中独自空欢喜，待梦归来，便羽化成蝶，在无尽的梦里翩翩起舞。

等梦醒来，黎明披着一袭素白的纱裙缓缓归来，她便悄然地安静离开，如昼开夜合的晚香玉，独自绽放着孤独的美丽。

时光流逝，并非无情；岁月辗转，亦不无义。轮回是万事万物的宿命，在轮回中执着地想念，亦不算固执，只是想把那些如初的美好，深深地刻在心上，若不是，寂静薄凉的夜，要怎样久久地摆渡，才可以抵达黎明的彼岸？

多情的人，喜欢在寂静中回忆，在回忆中想念，在想念中独自欢喜。

总想着，错过了那时的告白，错过了那日的拥抱，错过的那个约定，错过了那年的再见，如若，今生能再相见，还会不会再让它错过。若有来世，那些许诺的誓言又能不能都一一兑现呢？

人生，一路停停走走，总是要遇见许多人，而更多的时候只知道曾有许多人，路过我们的生命，却是陌生到从未曾记得，那一张张陌生的面孔，曾留给我们怎样的温暖。

有许多人，在我们生命季候的辗转中，开成春天里一团团粉嫩极致，最终却翩然辞别，只留下一瓣含泪的残红，留下一个无尽的念想。

但也只是想念，不是悲伤。不管怎样的结局，你都应该要感恩，感恩上苍让你们遇见，感谢缘分让你们相识，更要感谢命运让你们相知。因为有某些人，给你留下某些想念，生命多了一份甜蜜的滋味。

没有谁真的辜负了谁，亦没有谁真的亏欠着谁，因为我们都曾用一去不复返的青春，酝酿一坛久违的深情，只是陈酿的时间越久，香味才会越浓烈，而许多人，经不起这漫长的等待，所以，决绝地离开了。

可是酝酿的这场命定，早在分别之时已经封坛，不管离开与否，它终将会散发出醉人的芬芳，只是，只有一直迟迟等候，从未曾离开的那个人，才闻得见这千年的沉香罢了。

过去的人，有他们出现的意义，但不要念念不忘。过去的人有过去的好，但最好的，只是你身边的那个人。

虽然偶尔有点淡淡的回忆，因为这绝美的佳酿，终是一人与月对饮，与星静看。但情愿相信，一切都是最好的安排！

性格不合，只是不爱的借口

无论我们曾爱过多少人，最后留下来的，一定是那个让你习以为常的人。他像空气、像大地，让你踏实地活着。

一起久了，两个人的性格会逐渐互补，爱得多的那个脾气变得越来越好，越来越迁就；被爱的那个性格则变得越来越霸道。如果仍然能走在一起，一定是因为其中一方在努力迎合。

总有一个人会改变自己放下底线来迎合纵容你。不是天生好脾气，只是特别怕失去你，才宁愿把你越宠越坏困在怀里。其实，性格不合，只是不爱的借口。

曾经以为，放下一个人是件很简单的事。可以没心没肺，可以故作洒脱，可以花间邀酒，可以对酒当歌。但一个人的时候，突然的，思念和牵挂像潮水一样袭来，你不知道如何回答自己。然后让思念拍打离别的海平面，你站在潮汐中，脚下留下他的影子，但那人却从没再回来。

于是你问，如何忘掉一个人?

我想，最好的办法，就是不用找寻办法去刻意放下。因为很难，所以一切都变得简单。

其实，我们苦苦不肯放下的，不是一个人，而是一段时光。而所谓的放下，就是面对喜欢的人和一段记忆时，就像面对一只坏了的水龙头，它静置在你身旁的一角，平时无关紧要，记忆和情感漏水了，也不用特别在意地去换一只新的，只需要拧一下即可，然后继续过自己的生活。

所以，即使曾经疯狂爱着的某某，如今与别人牵手也没关系，因为你为了追上对方的脚步，自己在变得更好的道路上奋力狂奔。

爱是一种难以戒除的瘾。没有尝到爱情滋味的时候，每个人都以为自己的意志很坚强，一旦尝到爱情的甜蜜，就会一天天地上瘾，直至无法戒除。有些人之所以不敢再爱，不是因为真的对爱情绝望，而是因为对自己爱的能力感到绝望，可是没有谁不需要爱，不管他是什么样的男人或女人。

身边少了一个人，又多了一个人，没有好与不好，只有合适与不合适。有点遗憾，但又带点惊喜。因为，这就是生活，或者说，更像生活。

这一切，都逃不脱时间的掌控。它令情感来去悄无声息，它令结尾已完待续。从前的爱恋已完，现在的钟情待续。

所以，如果你现在还在为了放下一个人苦苦挣扎，不要害怕，不用难堪。因为曾经以为最爱的某某，终有一天，也成为了一个路人、一个片段，一个深信无法逾越，但终于能随手翻翻看的日记本、旧相册。

有一个充满无奈的词，叫“那时候”。那时候，你就在我身边，微风吹在长青木上，阳光打在你的脸颊。一切都是怀旧的色调。我是曾经的我，你是曾经的你。但现在，思念翻越了几个日夜，双蝶蜕化了几个轮回，我依然不会忘了你，因为你真实地存在过我的生活中，我不想否定我的生活。

最爱你的人，往往离开的时候最决绝。爱和尊严的紧紧捆绑，用死缠烂打去挽留的，更多的就是一种好胜心。真正深切的爱情，会让人要强到宁肯独自伤悲，也不愿破坏掉曾经那些高贵的记忆。

只是，你是那时候，我想翻山越岭奔去的山头。但现在，走走停停，迂迂回回，我不想再长途跋涉了。

但你留下的每一处风景，都像一页书签，夹在我葱茏茂盛的时光书本里。我希望有一天，外面有风，阳光打在每一位行人的脸上，我偶尔翻到这一页，能够哑然失笑，能够嘴角上扬，然后把它放在他该有的那一页，继续朝下翻。

仅此而已。

敬往事一杯酒，再爱也不回头

不是所有的开花都有结果，不是所有的相遇都会成为美好的传说；花开的季节，我已深深记得，告诉自己不必叹息，那些花落；相遇的时光，在我心中铭刻，未曾轻易去想，关于你和我。

当你喜欢上一个人，就会变得可怕，变成一个自虐又矫情的人，随时会看着花溅泪，听着情歌皱眉。又或者，一边喊着“我不在乎”，一边撕碎过往的片段，再在深夜，一个人哭着，把一片片碎片重新一把鼻涕一把泪地拼起来。

果然，爱了的人没有谁能轻松自如，谁也不能幸免，能幸免的都不是爱。

你总要付出一点天真，然后学会一些人生。

今天得到的，一定就有昨天失去的，因为要相信，质量始终守恒。你喜欢的最后不一定是你的，你现在拥有的不一定是你想要的，人总要学着长大，永远不要忘记生命里那可以治愈一切的微笑，一刻也好，胜过万千。

终于，你学会不嗔怪对方不懂得自己，因为你曾经历过那场爱恋，用心、用情、用力，感动也感伤，你把最炙热的心情藏在那里，把最心酸的委屈汇集在那里。他不懂，你亦不怪他。因为你知道，每个人都有一段告白，忐忑、不安，却饱含真心和勇气。

然而，他永远也看不见你最爱他的时候，因为只有在他看不见你的时候，你才最爱他。同样，他永远也看不见你最寂寞的时候，因为只有在他看不见你的时候，你才最寂寞。

那时的曾经，最多也只能是曾经；那时的喜欢，最多也只是不知为何的一厢情愿。来年陌生的，是昨日最亲的某某。

你可以转身，但是不必回头，如果有一天，发现自己错了，也应该转身，大步朝着对的方向去，而不是一直回头埋怨自己错了。

生活就像复制一样，每天都重复着，无所谓快不快乐、难不难过。听着莫名的歌，看着陌生的人，走着、望着。是不是，总有一个人要先走？爱情也好，朋友也罢。没有谁可以永远陪谁，天总会黑，人总要离别。

青春，走着走着就过了。不经意，才发现彼此都已慢慢长大。很多事、很多人，过了就是过了，无须纠结为何不再回来。

那么，那个下一次即将遇见的、那个对的人，让他晚一点再遇见吧，这样等你们都足够成熟了，就再也不会莫名其妙地分开了。

当你走在悬崖的边界，崩溃的边缘，你要用最后一口气撑下去，直到走到柳暗花明，而不是用最后一口气走回头路。一旦回头你过去受的所有的苦都会白费。

愿你能成为一个沾着枕头就能安睡的人，成为放手之后就不再回头的人。

接受，是最好的温柔

对生命而言，接受才是最好的温柔，不论是接受一个人的出现，还是接受一个人的从此不见。

故事的开头总是这样，恰逢其会，猝不及防；故事的结局也是这样，一别两宽，各自生欢。

缘起，在人群中，我看见你。缘灭，我看见你，在人群中。

即使你最终成为了我生命的过客，我仍要感谢你曾经的停留。我在这里，不悲不喜，安之若素。

我没有很刻意地去想念你，因为我知道遇到了就应该感恩，路过了就需要释怀。我只是在很多的小瞬间会想起你，比如一部电影、一首歌、一句歌词、一条马路和无数闭上眼睛的瞬间。

后来我独自走了很多山路，看过很多湖泊，吃过很多一尝就会爱上的点心，看喜剧也终于能够笑出声来了，做过了很多没有你却安稳的梦，然后就会觉得，其实你回不回来，都不重要了。我也开始相信，时间会让自己改变更多。

所有的感情在开始的时候，都笃定能走得很远。承诺是有，真心是有，可现实往往不尽如人意。到了分道扬镳的时候也只是掉几滴眼泪，说几句惋惜罢了，告诉自己是爱过的。青春亦在这平淡的波澜下匆匆而过，转上几个年头，彼时的痛感已不复存在。偶尔重温缱绻流年，若你唇角微微上扬，也不负你我相惜一场。

希望你别难过太久，希望你以后也能吃很多饭，希望你不要回头看，希望你那里晴天很多，希望你每天都能睡得很熟，希望我们即使偶尔想念彼此也不要再问候，希望你走得越远就越有好的风景。

世界很大，大到彼此面对，却看不见对方的内心；世界很小，小得彼此遥望，却就在一转身的距离。在这个鸟语花香的世上走动，处处莺歌燕舞、草长莺飞。

我无意放大世界的善意，也无意放大世界的恶意，只是学会了心平气和，老实地接受有晴有雨的人生。

岁月把故事塑造成歌谣，时光把悲伤雕刻成风情。

时间的两岸，散落了等待，时过境迁的故事，该怎样书写。相濡以沫也好，相忘于江湖也罢，都说所有的相逢都会有结局的，而所有的结局都是相逢的一部分。

不要用结局去质疑开始，成全人的是生活，捉弄人的也是生活。

感激我们在一起过，保留美好的回忆，分开也不必难过。如果每个人都是一颗小星球，逝去的人就是身边的暗物质，我愿能再见你，即使再见不到你，但你的引力仍在，我感激我们的光阴曾彼此重叠，而你永远改变了我的星轨，纵使再不能相见，你仍是我所在星系未曾分崩离析的原因，是我宇宙之网的永恒组成。

感谢你给予我一场爱，感谢你曾经参与我的生命。对于喜欢你这件事，坚持了那么久。就连放下你，也走了这么久。再见时没有留恋，没有伤感，只有经历过的云淡风轻。

即使爱情可以告一段落，但共同走过的岁月都是相爱的见证。再相见，我只愿彼此浅笑。

相爱快乐，分手快乐

我以为说了分手就能不见面，我以为说了再见就能不想念。可一个突然的跟你有关的瞬间，哪怕是一句相似的话，都足以使我泪流满面。

很多人，在谈恋爱时总是秀恩爱，而分手后总是秀苦涩。好像他的人生永远都只有爱一个人或恨一个人。

其实这是不对的，你对外的形象应该与爱情无关，因为别人不关心你的爱情。在恋爱时，应该多秀自己的独立性，不依附于某个人。分手时，应该多秀快乐，不为谁伤神。

独立的人才会受尊重。

每段恋爱，都能让你学到一点什么，在初恋那里学会如何和另外一个人相处，在第二个恋人面前知道了伪装，到了第三个恋人时，在男女关系中已经驾轻就熟。

可是到了那个特别的人面前，这些技巧一个都没用上，反而退化到最初，了解了甚至以前都不这么了解的真实的自己。

对于那个注定要离散的人，只能道一句“相爱快乐，分手快乐”，至少你们曾经拥有。

分手或许是一次终生告别，告别了轰轰烈烈的青春爱情，在最理智的时候，遇见了最懂自己的人，然后开始相爱，最终被现实分开。然而对那个最爱的人，即使只是回忆里已经斑驳的时光，也是不该有怨恨的。

人生中大部分的痛苦，都缘自于应当离场而不愿离场的执着。分手了，何必沉迷在这样的悲情里，感觉世界暗无天日，感觉所有人都抛弃了自己，只有自己还在乎自己，甚至连自己都不再爱自己。

实际上，分手了无须沉迷在悲情之中，跳脱出来，看看现在的自己，是真的悲伤，还是觉得分手就该悲伤，于是自己也戏剧化地沉浸在悲伤里？是担心无法和朋友交代而悲伤？还是因为错失真爱而悲伤？又或者，是因为少了依赖而悲伤。

成熟的感情，在面对分手时感到的不舍，实际上不是因为任何一个“别人”，而是不舍走失在好时光中的自我。那些以为会永远的痛苦，最后还是会过去。

未来，你还是会遇到另一个人，开始另一段幸福的旅程。所以，分手了，让自己过得阳光、幸福，才是最关键的。

最好的分手，是对自己重新拥有，不拖累他人。最好的分手，没有扯不完的感情债，只有祝福。

相爱快乐，分手快乐。感谢曾经互相陪伴，感谢今日互相成全。

若爱，请深爱；如弃，请彻底。不要暧昧，伤人伤己。有些失去是注定的，有些缘分是没有结果的。爱一个人不一定会拥有，拥有一个人就要好好去爱。时间会慢慢沉淀，有些人也会在你心底慢慢模糊。

学会放手，你的幸福需要自己的成全。

谢谢你的微笑，曾经慌乱过我的年华

命运决定谁会进入我们的生活，内心决定我们与谁并肩。

最美的风景不在远方，而在心上。人世间有一种相遇，不是在路上，而是在心里。人世间有一种陪伴，不是在身边，而是灵魂的支撑。

对一个人的想念，需要多少旅程，才会渐渐靠近，或是遗忘?

爱情像是花朵，没开时是孕育，开着时是灿烂，开完是完美；爱情像是美酒，没喝时是渴望，喝着时是甘醇，喝完是回味。

每个人都活在自己的故事里，不必知道自己是谁，只需知道自己需要做谁。

不属于自己的东西，紧握在手里，只会弄疼自己。

也许爱不是热情，也不是怀念，不过是岁月，年深月久成了生活的一部分。人其实挺矛盾的，总是希望被理解，又害怕别人看穿。

每个人都有一段时间会忘不了那么一个人。生活里，身边的过客也很多，有些给自己留下了很好的印象，有些只是萍水相逢，而他却在你心里生根发芽。那些无法诠释的感觉，都是没来由的缘分。

只是如今，这种缘分放在心底就好。你只需心存感激、满怀美好地走下去，谢谢他的微笑，曾经慌乱过你的年华。

每个人，都有一个世界，安静而孤独。所谓长大，就是把原本看重的东西看轻一点，原本看轻的东西看重一点。原本应该是清明、爽朗的生命，不要因为生活中所有琐碎的无知而改变了面貌，应该诗意地栖居，你要找到何处才是你的家园。

你把生命交给了生活，其实并没有不对，只是偶尔，你想要把生命还给自己——喜悦、无碍、自在，就像当初上天把生命交给你时一样。

真正好的生活，一定是不畏惧时光，不慌张于计划，心中有一个自己欣赏的模样，然后慢慢去成为那个人。真的，做自己挺好的，别将就，这也是爱自己的最好方式。

每个人心底都有那么一个人，时间过去， 无关乎喜不喜欢，总会很习惯地想起他来。然后希望他一切都好。

会有这样一天，你的内心坚定，没有恐惧，该失去的都会失去，该得到的终会得到，你开始喜欢自己，你恍然大悟，原来所有的美好终会如期而至。

遇上了就好好珍惜，错过了就道声珍重

适当地保留一分美好，不管是错过还是过错。回忆里的人和事都没有必要一一触碰，不如就此别过。错过，当你我为日月，只爱彼此的光，终不得相返相回。

人这一辈子，机遇难同，因缘各异。一帆风顺也好，跌宕起伏也罢，那些走过的、偶遇的、相逢的、别离的，都是唯一。

不贪，欲念就少；不嗔，心就易平；不求，就常知足。遇上了，请珍惜；别过了，道珍重。

背叛伤害不了你，能伤你的，是你太在乎。分手伤害不了你，能伤你的，是回忆。无疾而终的恋情伤害不了你，能伤你的，是希望。你总以为是感情伤害了你，其实伤到你的人，永远是自己。

属于自己的风景，从来不曾错过；不是自己的风景，永远只是路过。天地太大，人太渺小，不是每一道亮丽的风景都能拥有。一辈子，只求有一道令自己流连忘返、不离不弃的风景就已足够。

每一颗心，都有一份无法替代的情愫和某一道风景永远关联着。人生的风景，是物也是人。

我们一生，可以遇见那么多人。不论爱与不爱，都可以在一起度过一生中的一天、一月、一年。到了该离开的时候，好聚好散。然后，又和下一个人一起度过又一天、又一月、又一年。无论是谁，挥别时，也请带着珍重。

人生在世，要知足、要平凡、要感恩，不可以再任性强求。

聪明的人，喜欢猜心，也许猜对了别人的心，却也失去了自己的。傻气的人，喜欢给心，也许会被人骗，却未必能得到别人的。

但是，此生无论拥有怎样的恋人，遇见怎样的朋友，我们与他们之间，都将是最后一世相遇，最后一世的缘聚。在这最后一生当中，与他们相逢，应该值得珍重。

如若我们是来还债的，那就尽量多还一些，宁人负我，我不负人。如若我们是来报恩的，那就尽量多报一些，今生为人实属不易，我们要把人性发挥到极致。

有一种心态叫做重新开始，所以输赢与否其实并不是那么重要。他给你的回忆，你要学会把它变成故事，不让你受伤。他告诉你的故事，你要学会把它变成启示，不让你迷茫。

你只需独立坚强、单纯干净地活着，保持细致的耐心，怀着感恩之心，这样再远的旅途，也有归期。

或许，直到今天你都不能完全读懂他的世界，但走过岁月的彼岸，在你所经历的世界里，那些光影，比天空同时挂上一千道彩虹还要迷人，不如趁时光如旧，互道珍重。

时间不多，你的爱珍重有限。无论得到还是失去，过去还是现在，他的离开不足以击垮你，亦不足以毁掉你的人生。

你要记住，爱瞬息万变，它突然来到，也很快消失。唯一能做的是照顾好自己，好好爱自己。

所有失去的，
都会以另一种方式归来

好的坏的我们都收下吧，然后一声不响，继续生活。

分开了，不去打搅，让对方安然生活，这才是最后的温柔。最有温度的距离，不就是你不言，他不语，两两心安，彼此默契。

有时候你觉得怎么都忘不掉一个人，或许只是因为你忘不掉那些美好的时光和穷尽一切付出的自己。失恋最可怕的地方不是失去一个人，而是在失去那个人的同时，也失去了你爱的能力、勇气和信心。

如果觉得前面已无路可走，就反问自己，是真的走不出去，还是自己不想走出去。

这个世界每个人都在按照自己的规则按部就班地生活，

而唯独活在爱里的人仿佛最没有章法节奏可遵循。为了爱开始变傻变痴，失了所有的原则，那种为了爱九死一生，不知道是伟大还是卑微。

几次相忘于世，却总在山穷水尽处又悄然相见。命运像一场对弈，当他坐在你对面的时候，你便知道，万水千山，世事轮回，你终究是赢不了他的。

原来，失去某人，最糟糕的莫过于，他近在身旁，却犹如远在天边。

他就像你身体的开关，因为他一个表情，你欢呼雀跃，血液沸腾，又因为他某一个词汇，你冰冻三尺，呵气成霜。而这些，你统统无从表达。

后来你发现，彼此的懂得才是山河浩荡，自己内心的动荡，如何翻云覆雨，终究只是一场空。

原来，你和他不过是两条直线，偶尔的相交，只为将来更遥远的相隔。人散后，一钩新月天如水，如那杯中酒，心中情。

诚如戏中的对白：“你问我，怨否？恨否？我只笑，相思已是不曾闲，又哪得功夫咒你？” 是的，别忧伤得太早，你只是经历得太少。上天为了要使你有看见的能力，才安排了各种失去的课程。

成长是一种蜕变，失去了旧的，必然因为又来了新的，这就是公平。人生每一步走来，都是需要付出代价的。你得到了你想要的一些，失去了你不想失去的一些。可这世上的芸芸众生，谁又不是这样呢？

你不会发现自己有多强大，直到有一天你发现你身边的支点都不见了，你也没有倒下。没有人能打倒你，除了你自己。你要学会捂上自己的耳朵，不去听那些熙熙攘攘的声音。这个世界上没有不彷徨的人，真正能治愈你的，只有你自己。

诚如约翰·肖尔斯在《许愿树》里所说："没有不可治愈的伤痛，没有不能结束的沉沦，所有失去的，会以另一种方式归来。"

你要相信，是你的，就是你的。越是紧握，越容易失去。我们努力了，珍惜了，问心无愧。其他的，交给命运。

那么，愿你好，祝他安。

不乱于心，不困于情

如果真的没在一起，你也别难过，也许他只是在你无聊的时候给了你陪伴，在你还没了解自己想要什么的时候给了你惊喜。失去的东西，就顺其自然吧，转身的方式有很多，纠缠是最不酷的一种。

有没有那么一瞬间，在大街上看到一个熟悉的背影，心突然就跳乱了节拍，直到发现原来只是陌生人，于是一整天，全是回忆。

许多时候，让我们放不下的，其实并不是对方，而是那些逝去的共同回忆。

成长，带走的不只是时光，还带走了当初那些不害怕失去的勇气。

那些看似不堪一击的时光，都是你最真的时刻，是你觉得最好的日子，而在那些已成云烟的过往里，曾经闪烁着的影子，这对你来说，是一件高兴和庆幸的事情。

你依然觉得这个世界很美好，无论是曾经的雨天，还是酒醉的夜晚，无论是炙热的阳光，还是对峙的脸庞。只是不管在何处，你都不能再和他同行，不管去哪里，你都不会再在他身边。

回忆，真的能让一个人变成神经病，前一秒，还是嘴角微扬，下一秒，却湿润了眼眶。

有人寻找回忆，有人寻找爱情，有人寻找自己，只是在寻找的路途上不知不觉自己变了，变成了对方不爱的样子，所以对方才会离开。可是心里是清楚的，不爱了，便可以找出千万个不爱的理由。

请记住，即使痛也要微笑。或许，这就是生活。不要过分在意一些人，过分在乎一些事，要顺其自然，以最佳的心态面对。这个世界就是这样，往往在最在乎的事物面前，你最没有价值。

生命前方，是无尽的衰老，每个人都是笔直地跌落进去，别无选择。而那个错过的人，从此不见，他笑时露出的牙齿，他说话时慢慢的语调，他跳过水潭的轻巧，一切你看在眼里，藏在心里，作为在回忆时寻路返回的记号，就此与你无关。

一些人、一些事，闯进生活，得到了、失去的，昨天的悲伤，今天的快乐，喜怒哀乐都要记得。没有这些，当这一切都成了回忆，在我们记忆中又会留下什么？

人是会变的，守住一个不变的承诺，却守不住一颗善变的心。有时候执着是一种负担，放弃是一种解脱。人没有完美，幸福没有一百分，要知道自己没有能力一次拥有那么多，也没有权利要求那么多，否则为难了对方，也苦了自己。

昨天的太阳，晒不干今天的衣裳，不要总在过去的回忆里缠绵，活在过去，处处是心结。往前走，处处都是好运。

一个人也可以不孤独

人生就是一场漫长的自娱自乐。讨别人欢心只是小聪明，每天都能讨自己的欢喜才算是大智慧。

你觉得孤独，或许因为你既希望有人关心，又不想被谁过分打扰；或许并不是因为没有人在乎你，而是你所在乎的那个人没有在乎你；或许因为你暗恋的人正在用力爱别人，而你羡慕的人往往比你更加努力。

或许因为你无奈地为一段长情画上了句号，所有你曾经觉得触手可及的幸福一下子就失去了依据，一切的美好也都随之崩塌；或许因为你的内心越来越不安、越来越迷茫，你猜测不到命运到底为你安排了一个什么样的剧本；更或许你害怕将来有一天，自己既配不上当初的野心，也辜负了所有的磨难。

孤独，这是每个人人生中的一堂必修课，它是生命当中，你只能自己去亲身经历的那些遇不上、走不出、逃不掉、放不下、舍不得、离不开、忘不了的纠结。它需要你知道，没有人，永远会在雨夜接你；没有人，一定会读懂你的心。

有些路，你只能勇敢地一个人走。

其实，孤独并不是专门为你一个人准备的，也不会只存在于人生的某一个阶段。它的内容，可以是你留不住的青春、挽不回的爱情、不再热络的朋友，是对于未来的迷茫和不安，还有——我们每个人都必须面对的自己终将老去的岁月。

人生是在做减法，生命中曾经有过的所有灿烂，终究都需要用寂寞来偿还。

从年轻到年老，任何人在任何时候，都有可能被丢进这条叫作“孤独”的河流里。孤独，永远都是人生中的一部分，它既是天使，也是魔鬼，它能让你万劫不复，也能让你变得更好，而你只有面对它。

所以，你要有能力，让自己所承受的孤独、迷茫、疲惫、牺牲，都变成你内心的温柔、厚重与丰盛，才不会辜负这段在日后提起时，连自己都会被感动的日子。

你要让孤独许你以新生，为你剔去软弱和矫情，置换成钢筋一样坚硬有力的东西。这过程难免痛苦，但在承受这样的巨变之后，你的心中将会迎来一个新的世界。

愿你即使一个人也不再害怕孤独。

愿孤单的人不必永远逞强，愿逞强的人身边永远都有一个肩膀，愿这个肩膀可以接住你所有的欢喜哀伤。

愿你在任何时候都有足够的力量，一直好好去爱这世上唯一的自己，努力让自己成为自己的依靠。因为，别人给的，那是人情和依赖，能够自强独立，才是安全感。

愿你强大到无须有人宠爱、有人心疼、有人娇惯，却依然幸运到有人宠爱、有人心疼、有人娇惯。

愿你所爱的人，最后会成为陪伴在你身边的爱人，永生执手相望，温柔相待。

愿你在深夜里的所有心事，都变成头顶的那颗星，指向每一条正确的路。

所谓的美好，可以是自己给的

所有人都要提升自己，因为穷而弱往往容易玻璃心，一碰就浑身炸毛生怕自己被忽视。只有经济和精神都独立，才会让你更有底气，也更没有戾气。

你问我过得好不好，我说我很好。

什么是很好？就是我一个人开车路过无边荒原，我闭眼站在深不可测的海边，我应付着生活里的些许算计，我抵抗着命运偶尔的不怀好意，那些时候我都想打个电话跟你说，我怕。但最后我都忍住了，我不能再依赖你。

我很好，虽然还想你，却仍旧学会放下了你。我对自己说，亲爱的，你不必为了谁而改变，如果要成为更好的人，请为了自己。

我一直觉得，世界上最动听的句子，是为你画画，为你写诗，为你弹钢琴，为你学会了做一切能让你我变得更好的事情，一粥一饭、一汤一水、一寸又一寸光阴——爱情因为这种种改变，和豁达的原谅，变成了世界上最能融化你我的光芒。

它敲碎了你我身上的坚壳，让那个懦弱的、不善表达的、幼稚任性的小孩子从阴影里走出来，变成了一个更能担当的，能敏锐地觉察他人悲喜的更成熟、豁达、包容的成年人。

我们因为遇见这一个又一个前任，因为一次次地被爱、被依靠，渐渐意识到自己是一个值得被呵护的，也愿意呵护他人的人。

我们都是善良的，我们都愿意一次次地去相信、去祝福、去珍惜，哪怕他不在自己身边，哪怕他已经和自己分手。

失恋中最大的痛点是什么？不是发现原来你不爱我了，而是必须接受一个现实，从某个时间点之后，我必须要过没有你的生活，这种日子是我以前从没想过要经历的。

可是，生命原本就是一个不断失去与收获的过程，我们总会主动或者被动地丢失一些在当时看来特别重要的东西，自愿或者被迫用新的内容填补心里的缝隙，幸好时间久了，一切过去后，我们又是一个完整的人，又有一颗完整的心。

而让我们成长的，正是在失去与获得中不断地循环和重生。即使也会伤心、难过，但不会过不去；即使有失落、颓废，但很快可以重新开始。

总有一天，我们都会明白，当初丢不开的不是一个人，而是一种依赖。

一个人，要经历多少段没有结果的感情才能最终懂得，曾经的那个他，出现在我们身边的最大意义，是让我们蜕变成一个更好的人，而这种美好可以是自己给的。

纵此生不见，幸福唯愿

如果我爱你，而你也正巧爱我。你头发乱了，我会微笑着替你拨一拨，然后，手还留恋在你头上多待几秒。但是，如果我爱你，而你不爱我。你头发乱了，我只会轻轻地告诉你，你头发乱了哦。

我们曾经共擎一轮骄阳，共沐一夜风雨；我们曾经共饮一杯苦酒，共渡一湾水域……有了这些，即使无缘获得你的一生，也足够让我回味每一个漫长的雨季。不是所有的离别都意味着伤感，不是所有的遗忘都意味着背叛。一杯茶由浓到淡，不仅是时光消磨，而更是一种宁静致远。有时风景在身边，却没感到那么旖旎诱人，当孤静荒漠时，又似乎感到风光就贴在身边。

年轻时候，不太容易爱上一个人；爱上之后，不太容易说放手；不得不放手时，又不太容易重新开始。有的人留在原地，有的人走到尽头，有的人念念不忘，有的人从来不曾记起。

情话好听，情歌动听，皆因听懂的人，往往都伤过心。以前我以为，那些带给别人欢笑的人，从来不会有哀伤。现在我才知道，有些人在最难过的时候，还是会努力带给自己和他人快乐。

爱情里，我百转千回地寻找，却发现没有任何能代替你，来修复你在我心底的烙印。这份爱情，已根深蒂固地停留在我生命的航班上，无法驱逐、无法逃离。

还是接受吧，也许有一天，你的影子会走，也许将永生烙印在我的记忆里。我不曾恨你，只是在某一个醒来的清晨里，狠狠地想你，想你，再想你……

再见，已回不到从前，只是会记得，曾经有一段情，真的温暖过生命！

关于你，我只能看着你渐渐离开，我不敢去打扰，也不会去打扰。

当一切都散场的时候，就觉得自己不重要了。你的生命里已经有了人，我又怎么能走得进去？我们之间，从陌生到熟悉，从相爱到陌生，始终都保持着一颗心的距离。我们都很默契，都不会走进彼此，都选择沉默和祝福。

或许这样的我们都不会觉得难过，从未觉得亏欠了谁。

我最初想给你幸福，最后却祝你幸福。一字之差虽注定我们此生无缘，但是至少我们曾经相爱过，曾经幸福过，只是我们没有缘分走到白头。

但也祝我们都能得到幸福，即使我们最后的幸福都不是彼此。

愿久别的都重逢，愿有情的都相爱

跟你绝配的人，不是天然形成的。而是靠打磨，两个人相互改变。虽然失去了一些自我，却可以成为默契的一对。相爱是相互吸引，相处是为对方而改变。

你总是自以为是地要小聪明，以为聪明到可以避免伤害，总想着在爱情里成为被爱的那个。可是爱情本就是傻孩子的游戏，一往情深胜过百般算计，爱就是爱唯一的表达方式，不是吗？

世事无常，有的人不得已要分开，可以尽情伤心，但却永远不必责怪。

一生中，最美好的时光那么短暂，茫茫人海，能遇到某个人，然后发生一段故事已经足够。我们在生命中会爱上一些人，因为各种各样的缘由，未必能走到一起，但这并不妨碍你去爱。

花随风落，雨伴云晴，过客匆匆，相逢终有期，路过的风景，经历过的往事，放在心间就好。

我们一世行走，从始到末，会遇见无数人，并不是每个人，都与你情深。

没遇见最好的陪伴时，用一点小小的执着，主动地付出，换那些萍水之缘的人相逢一笑，也是很好的啊。流水上漂浮点点花瓣，星空洒下片片微光，指路时的温暖，相邻过的关照。那些都是很好很好的。

相爱的两个人，只要真心，都会找到办法。他们的感情将不输给外貌和距离，不败给身高和年龄，不会输给前任，不会输给别人的流言蜚语，也不会输给父母的反对……只会输给不珍惜，败给不努力、不信任。

这世上不存在相爱却不能在一起的人，如果没有在一起，只能说明爱得不够深。至少爱，没有比让你们分开的因素重要。这样看来，也没有什么好后悔的。

爱的能量也守恒，这份爱会有人继承，有人传递，有人发扬，有人把爱变成一点一滴，变成生活琐碎，变成睡前的亲吻，醒来的早餐，深夜里远在他乡的思念。

世界上，总有两个人是天生一对。下一个愿意陪你逛街、陪你吃火锅的人，正飞奔在路上，下一个愿意给你她的所有的姑娘，正在赶往你家。

直到遇上那个最终命中注定，为你开锁的人，他会用他独有的方式，打开那把你以为再也开不了的锁——“咔嚓”。

保持专属于你的执着和难预料的怪脾气都没有关系，喜欢你的人终有一天会找到你。那些夜里听情歌入眠的失落和没有人照顾的喋喋不休，都会找到归属。

你相信吗？有些人就是为了找你，才去你们相遇的地方。

你终会明白，在遇见那个对的人之前，你也许喜欢过别人，可那个人并没有喜欢你。又或是别人喜欢你，你却不喜欢他。为什么会是你和最后的那个人呢？原来，之前的那些人都只是为了恭迎他的出场。

你们的相逢中，天意常在。

愿久别的都重逢，愿有情的都相爱。

关于“爱而不得、爱而不惑、爱而不舍”的情感疗愈读本。
送给有故事、有心事的你。

65 篇妥帖、温暖却不乏智慧的暖文；
直击“放不下、忘不掉、舍不得、不甘心、不安心”五大核心问题；
涵盖了感情里“相遇、相识、相恋、相离、祝福”等不同情感阶段、不同情感状态下的 65 个重要问题。
让在爱情之中的你，更懂得珍惜对方，爱护自己；
让在爱情之外的你，更加懂得爱情，并且相信爱情；
让在爱情里受过伤的你，更温暖、更积极、更强大地去祝福对方，去准备自己。

图书在版编目（CIP）数据

你在心上，别来无恙 / 叶轻舟著. —北京：化学工业出版社，2016.11（2018.6重印）
ISBN 978-7-122-28161-6

Ⅰ.①你… Ⅱ.①叶… Ⅲ.①散文集－中国－当代 Ⅳ.①I267

中国版本图书馆 CIP 数据核字 (2016) 第 231486 号

责任编辑：张　曼　龙　婧　梁　虹　　装帧设计：远流书衣
责任校对：战河红

出版发行：化学工业出版社（北京市东城区青年湖南街 13 号　邮政编码 100011）
印　　装：中煤（北京）印务有限公司
787mm × 1092mm 1/32　　印张 7 1/2　　字数 150 千字
2018 年 6 月北京第 1 版第 3 次印刷

购书咨询：010-64518888（传真：010-64519686）售后服务：010-64518899
网　　址：http：// www.cip.com.cn
凡购买本书，如有缺损质量问题，本社销售中心负责调换。

定　　价：32.80 元